Eros alegórico
da Melancolia e do Progresso

Oswald de Andrade em *Os condenados*

Eros alegórico
da Melancolia e do Progresso

Oswald de Andrade em *Os condenados*

Sandro Roberto Maio

Copyright © 2013 Sandro Roberto Maio

Grafia atualizada segundo o Acordo Ortográfico da Língua Portuguesa de 1990, que entrou em vigor no Brasil em 2009.

Publishers: Joana Monteleone/Haroldo Ceravolo Sereza/ Roberto Cosso
Edição: Joana Monteleone
Editor assistente: Vitor Rodrigo Donofrio Arruda
Projeto gráfico, capa e diagramação: Gabriela Cavallari
Revisão: Juliana Pellegrini
Imagem da capa: *Bathing beauties*, 1915, de Mack Sennett

Este livro foi publicado com o apoio da Fapesp

CIP-BRASIL. CATALOGAÇÃO-NA-FONTE
SINDICATO NACIONAL DOS EDITORES DE LIVROS, RJ

M192e

Maio, Sandro Roberto
EROS ALEGÓRICO DA MELANCOLIA E DO PROGRESSO: OSWALD DE ANDRADE EM OS CONDENADOS
Sandro Roberto Maio
São Paulo: Alameda, 2013.
166 p.

Inclui bibliografia
ISBN 978-85-7939-163-7

1. Andrade, Oswald de, 1890-1954. 2. Modernismo (Literatura) – Brasil 3. Ficção brasileira. I. Título II. Título: Os condenados.

13-1971.   CDD: 869.09
                                        CDU: 821.134.3(81).09

043822

ALAMEDA CASA EDITORIAL
Rua Conselheiro Ramalho, 694 – Bela Vista
CEP: 01325-000 – São Paulo, SP
Tel.: (11) 3012-2400
www.alamedaeditorial.com.br

Sumário

PREFÁCIO 7
Maria Rosa Duarte de Oliveira

INTRODUÇÃO 13
Os condenados e as leituras literárias

CAPÍTULO I 27
Aura: ficção do poeta-símbolo

Enredos: a missão do escritor 27
e o curso das leituras simbólicas
O precursor e a aura futurista do Progresso 47
Crise da representação: 57
experiência crítica das leituras

CAPÍTULO II 75
A lama da aura: o poeta-alegoria

Benjamin-Baudelaire: 75
alegoria e choque

Modelo Baudelaire: 103
poeta-herói da modernidade

CAPÍTULO III 125
Modernidade, impasse e ficção

Leitura da modernidade: 125
a voz narrativa e o modelo Baudelaire

A escritura condenada: 146
ficção da modernidade

Os condenados, o tempo do instante 155

REFERÊNCIAS BIBLIOGRÁFICAS 161

Prefácio

E fora, baudeilairianamente, pelas ruas geladas.
Os Condenados

A trilogia de *Os condenados* de Oswald de Andrade estava carente de uma leitura crítica que revitalizasse uma obra que se apequena frente àquela de um outro Oswald, reverenciado como o autor do par Miramar/Serafim, romances em chave paródica e experimental.

Este trabalho de Sandro Maio, nascido como dissertação de mestrado no Programa de Estudos Pós-Graduados em Literatura e Crítica Literária da PUC-SP em 2008, tem o mérito de fazê-lo, abrindo um caminho de reflexão que aposta na crítica como atividade iluminadora daquilo que ficou fraturado e imerso no inapreensível, na linhagem de Agamben, para quem a verdadeira crítica é aquela que, desde que o termo surge na filosofia ocidental, "significa, sobretudo, investigação sobre os limites do conhecimento, sobre aquilo que, precisamente, não é possível nem colocar nem apreender" (2007, p. 9).

A trilogia de *Os condenados* teve um percurso irregular, conforme observa o autor: desde o seu lançamento na Semana de Arte Moderna de 22 com *Alma*, até a 2ª parte – *A Estrela do Absinto* – lançada em 1927 e, finalmente, a terceira parte – *A escada* – publicada em 1934 e elaborada paralelamente à do par Miramar/Serafim. O que levaria Oswald a elaborar um romance tão contrário à chave cubofuturista e paródico-experimental de seus parceiros? Essa é uma questão que, até hoje, deixa a crítica intrigada.

Um dos méritos deste livro é o de se lançar neste espaço de perplexidade e arriscar uma hipótese de investigação desafiadora:

> O romance de Oswald entrevê o choque entre duas visões, duas leituras sobre a modernidade que se ergue indefinida: uma simbólica, que visa à manutenção da aura do poeta sob o signo do progresso e da apreensão técnica; e a alegórica, que propõe uma leitura crítica sobre o não-lugar do poeta, enquanto mercadoria literária. (MAIO, 2012)

Isso traz à luz o conflito do discurso desse primeiro Modernismo, num momento de crise instaurada entre a tradição do poeta, imerso na aura simbólico-parnasiana, e a dissolução dessa auréola em meio às ruínas de um novo tempo, que insere a arte no mercado, como Benjamin anuncia em seu clássico *A obra de arte na época de sua reprodutibilidade técnica*, de 1936.

A originalidade deste livro está no enfoque de *Os Condenados* à luz do que Barthes chama de texto-leitura: aquele que se escreve como ato bifronte de um autor-leitor. No caso, é a figura de Baudelaire, disseminada pela Trilogia, que arma dois posicionamentos de leitura-escritura autoral: uma contaminada pela tradição do poeta--símbolo, cuja missão social se alimenta de um certo "heroísmo triunfante"; outra de fatura crítica desarticuladora desta unicidade simbólica, que é o modo como Walter Benjamin lê a poética de Baudelaire como alegoria da modernidade, isto é, aquela que se nutre de fragmentos apropriados da tradição para lançar no discurso a marca residual do poeta-trapeiro, que faz do rastro e da lama a sua nova morada. Aí, já não há mais lugar para a auréola desmaterializada pela reprodutibilidade técnica.

A trilogia se debate, então, entre essas duas visões, expondo essa fratura no seu próprio discurso, que se contorce entre imagens retóricas, no estilo parnasiano-simbolista, ao lado de outras, mutiladas e sem glória, que sugerem a visão trapeira do poeta na perspectiva de uma leitura alegórica: a consciência da transitoriedade: "Num corte de oiro sobre o negro soalho antigo, feito pela abertura de um dedo da janela, a poeira da casa revolvida. E nas soleiras, nos buracos de rato das portas, andavam manchas quentes de luz". (ANDRADE, 2000, p. 60). Eis aí o retrato do contexto em que se inscreve este Modernismo nascente e a própria cidade de São Paulo no limiar entre passadismo e Futurismo, tradição e modernidade, provincianismo e cosmopolitismo.

Tanto o "poeta símbolo" como o "alegórico" se estruturam no jogo entre uma ficção – as personagens da trilogia – e outra – a leitura de Baudelaire inscrita em imagens conflitantes entre tradição e modernidade na escritura de *Os Condenados*: "Havia no céu distante, uma lua amorfa, entre nuvens esfarrapadas. Do astro doente, caíam reflexos na terra morta" (ANDRADE, 2000, p. 169).

Não deixa de ser instigante o modo como o autor se apropria da própria palavra de Oswald, numa conferência de 1949, na qual a sua leitura de Baudelaire, como signo do poeta moderno em ruínas, se expressa. Tal acuidade seletiva acaba fortalecendo a hipótese sobre a ressonância dessa leitura na escritura condenada da Trilogia:

> Mas não são só os amores de Baudelaire que se decompõem. O mundo que ele vive também é uma infame *charogne*. É uma simples e nauseante decomposição. Enquanto a burguesia exibe o seu triunfo bestial, e de outro lado Marx a analisa, os poetas e os artistas refluem estoicos para a infelicidade. E de lá agem. Não se exibem mais como no Romantismo em gritos e lamentos (…).

> Esse isolamento, essa fuga, não representa abdicação nenhuma. É apenas a retirada do caos (...). O poeta tem pudor do seu estado de graça... ou de desgraça. (ANDRADE, 1991, p. 114, *apud* MAIO, 2012)

Dessa forma, o grau da função representativa da leitura da tradição, no contexto desse primeiro Modernismo, fica evidenciado e a *Trilog*ia passa a manifestar novo significado para a crítica a partir da tensão que estabelece entre duas instâncias textuais: autoria e leitura.

É no traçado dessa leitura cifrada na escritura condenada da Trilogia que o livro *Eros alegórico da Melancolia e do Progresso: Oswald de Andrade em Os condenados*, de Sandro Maio, dará relevo especial à "alegoria como método construtivo", isto é, o desmonte dos signos da tradição do poeta-símbolo para a projeção de uma outra poética dilacerada pela justaposição de fragmentos em "estado de choque", aproximando-se, assim, da leitura que Walter Benjamin fez de Baudelaire.

> A leitura de Benjamin sobre Baudelaire sugere uma noção de modernidade que a trilogia explora como forma de representação ficcional. Por meio de constantes deslocamentos e saltos, a obra cria o desmonte dos contextos ficcionais da tradição analítica do romance burguês. Pela alegoria, arranca os objetos de seus formatos habituais para construir uma leitura sobre

o indefinido, por imagens fragmentadas, significantes de uma universalidade em ruínas. O poeta opõe-se pela utilização analógica das várias fisionomias que coleta da paisagem industrial – proletário, dândi, suicida, prostituta, etc – daqueles que vagam inúteis na produtividade da circunstância. Ao adotar Baudelaire, a escritura condenada tem por meta a digressão, que faz espalhar os resíduos de um símbolo esfacelado. (MAIO, 2012)

Por meio dessa passagem que recolhe, numa síntese iluminadora, o núcleo da abordagem crítica de *Os Condenados*, é possível ter um vislumbre do modo como o autor, na esteira barthesiana, escreveu a sua leitura "ao mesmo tempo irrespeitosa, pois que corta o texto, e apaixonada, pois que a ele volta e dele se nutre" (BARTHES, 1988, p. 40), ao modo de uma operação ensaística, entre o rigor do crítico e a invenção do poeta.

Maria Rosa Duarte de Oliveira

Referências bibliográficas

AGAMBEN. Giogio. *Estâncias. A palavra e o fantasma na cultura ocidental*. Belo Horizonte: UFMG, 2007.

BARTHES. Roland. *O rumor da língua*. São Paulo: Brasiliense, 1988.

Introdução
Os condenados e as leituras literárias

> *A imagem da esfinge com que se fecha o poema tem a beleza sombria dos artigos sem saída que ainda são encontrados nas galerias.*
>
> Walter Benjamin

A robusta figura escritural de Oswald de Andrade não adere ao fácil enquadramento e sua tipificação, constante na crítica, leva para direções frouxas uma leitura mais avisada. O trânsito do autor por vias da narrativa experimental e vanguardista, pelo apuro de uma poesia ainda pouco tocada, a verve potente da crônica, a imagética dos manifestos, a saturação figurativa do teatro, além de outros gêneros mais remotos, informa os extremos de um autor produtivo que orbita pelo que há de potencial na linguagem. A escrita panfletária (*O homem do povo*, ou o último romance, *Marco Zero*) demonstra a tensão fugidia de uma escrita descarnada, em constante negação de espaços sedimentados e reconhecíveis do texto de literatura. A escrita de Oswald obedecia a uma espécie de impulsividade que encorpava projetos e intenções que logo se dissipavam e procuravam voz em outra forma.

Os condenados – a trilogia do exílio, seu primeiro romance, está distante de sua escrita paradoxalmente canônica – operada conforme as referências vanguardistas do Oswald célebre. Vê-se um romance problemático, de difícil reconhecimento estrutural, tendo em vista as múltiplas linhas construtivas que o norteiam. Um texto deslocado, porém representativo de um período que expõe a convivência entre as formas estabelecidas pela tradição passadista e a entrada das novas formas de representação de um incipiente Modernismo. Um sólido índice dos "roteiros" que acompanharão o autor nos tempos partidos do Modernismo.

A obra mostra claramente os tópicos eletivos seguidos durante todo percurso oswaldiano. Tem-se a impressão de haver dois escritores absolutamente diferentes e, no entanto, convergentes. Antonio Candido pensa o modernista como "problema literário", o que se distende na ideia da existência de dois Oswalds: "(...) como se dentro do iconoclasta irreverente da Semana sobrevivesse o orador oficial (que de fato foi) do centro acadêmico da Faculdade de Direito, o XI de Agosto" (CANDIDO, 1991, p. 37). Também, "(...) como se desdobrasse num modernista e num passadista (...)", que "(...) nunca procurou domar racionalmente o jogo das contradições" (CANDIDO, 1991, p. 36). O próprio autor se orgulhava igualmente de ter feito palestras tanto na Sorbonne quanto no Sindicato dos Panificadores de São Paulo.

A *Trilogia* teve sua primeira parte lançada no calor da Semana de 22: *Alma* funciona como a estreia de um texto divulgado como moderno. A segunda parte só foi lançada em 1927, apesar de anunciada no final da primeira parte – o que demonstra a intenção primeira do autor quanto à estruturação do romance em três partes. Também consta, em estudos de Mário da Silva Brito e Haroldo de Campos, a menção que situa a segunda parte já preparada desde a primeira, e somente a terceira parte elaborada depois ou paralelamente à fase experimental de *Miramar-Serafim*, essa intitulada *A estrela do absinto*. A terceira parte, *A escada*, é ponto de maior complicação; o lançamento somente ocorreu em 1934 e o título sofreu diversas modificações até chegar à forma final: *A escada de Jacó*, depois *A escada vermelha*.

Alguns temas são caros e constantes ao autor e talvez sejam os traços de sua criação: a ideia de utopia – o lugar ideal, o passado irrecuperável e o futuro pleno – em estreito contato dialético com o sentido alegórico do Éden enquanto Origem. Se por aqui não dispomos do arsenal paródico--sarcástico e nem mesmo a busca de um primitivismo que justificasse uma origem singular na ambiência universalista da ambição modernista, percebe-se a constante pelo ideário utópico, por um desejo de contínua recriação do presente.

O provável móvel de sua produção ficcional está justamente no liame de uma acuidade arquitetada em um ideário estético em permanente *devoração* dos elementos configuradores da realidade. O "sentimento órfico" em relação permanente com o mundo que se apresentava. Neste sentido, o intercurso da *Trilogia* prefigura relações entre a camada espessa de uma escritura utópica[1] e os deslocamentos figurativos sustentados pela aplicação alegórica sobre o objeto ficcional. Tal duplicidade seria mediada por um horizonte no qual a relação autor–obra–leitor se intensifica quando correlacionados. O fundo falso da classificação crítica costuma ler *Os condenados* enquanto obra moderna, pré-moderna ou mesmo penumbrista, o que na verdade são adereços diacrônicos que não a leem de fato.

O romance está situado no clima simbolista-decadentista, próprio dos literatos boêmios do *fin de siècle*. Em seu tempo foi alvo de certo escândalo e alguma indignação por parte da crítica.[2]

---

1 Barthes diria que tal desejo permeia toda escritura, o anúncio de uma totalização frustrada que a faz busca: "Ela acredita sensato o desejo do impossível" (BARTHES, 2004, p. 23).

2 Seria interessante ressaltar tal posição da crítica do período nos recortes que Mário da Silva Brito disponibiliza no ensaio *O aluno de romance Oswald de Andrade* (ANDRADE, 2000). Ali, há um trecho de artigo publicado no lançamento da primeira parte da *Trilogia*, *Alma* (1922), em que o crítico Paulo Freitas se exaspera: "(...) E não haver quem se oponha à marcha desses

Posteriormente relançado em um volume único (em 1941, sob a orientação do próprio autor) serviu de polêmica e reflexão sobre o próprio papel do Modernismo por meio de novos instrumentos críticos. Duas destas abordagens parecem centrais: a negativa, de Antonio Candido (1944) e a positiva (usada como réplica por Oswald) de Roger Bastide (1941).

Candido aponta falhas de composição, como a ausência de profundidade psicológica nas personagens e um certo ar parnasiano-católico. Já Bastide insere a narrativa nos parâmetros modernos de composição narrativa, a partir de uma nova elaboração discursiva sobre a temática amorosa. O certo é que a crítica estabelecida por Candido orientou boa parte, senão toda crítica historiográfica posterior. Dessa maneira, a *Trilogia* ficou marcada enquanto obra menor, em prol dos romances *Miramar-Serafim*, entendidos como representativos da experiência positivamente modernista. Porém, alguns aspectos em torno de tal visão não indicam a natureza da obra em si. A falta, por assim dizer, está justamente na caracterização deste momento inicial: a maneira como o Modernismo articulou seu primeiro discurso. Nesse sentido, qual o rosto e a medida da ruptura, propósito do romance, com o discurso próprio produção

---

vândalos do mau gosto e da depravação literária e social! Não! Para trás, cabotinos cínicos (...)" (ANDRADE, 2000, p. 13).

da literária anterior? O romance *Os condenados* é parte fundamental e reveladora desse estado de conflito? Também, qual a relevância da narrativa hoje para os estudos em torno do Modernismo?

A princípio, o romance pode ser considerado um índice da diluição de formas estabelecidas. Um aspecto dissoluto perpassa o texto, que traz como centro de uma possível análise a voz narrativa. É ela a condutora dos elementos construtivos da narrativa em busca de representar a passagem de uma solidificada visão sobre a arte para o esfacelar de tais convicções. O romance busca na ficção uma existência única (coletiva, padrão, *condenada*) como figuração heroica do poeta.

O romance de Oswald entrevê o choque entre duas visões, duas leituras sobre a modernidade que se ergue indefinida: uma simbólica, que visa a manutenção da aura do poeta sob o signo do progresso e da apreensão técnica; e a alegórica, que propõe uma leitura crítica sobre o não-lugar do poeta, enquanto mercadoria literária. De certa forma, interpretação do próprio período em que o romance se insere: a transferência da visão romântica (pública, acolhedora das diferenças) para a da modernidade industrial (o liberalismo, domínio do privado).

A narrativa atravessa e repercute a problemática central do período: a crise de representação da realidade, atestada por João Alexandre

Barbosa como sintoma da feição inicial do discurso modernista que ambicionava:

> (...) a invenção de uma linguagem capaz de integrar, num nível a que se poderia chamar de estrutural, significados e significantes que se articulam para a configuração de um signo cultural específico. (BARBOSA, 1983, p. 85)

A *Trilogia* lança mão de certas apropriações estéticas à procura por um signo capaz de representar a imagem da modernidade. A principal delas é a presença nuclear de Baudelaire. Inicialmente nota-se como tal apropriação procura ser uma leitura que a escritura incorpora como visão da modernidade. Diferentemente da leitura canônico-simbólica, o texto busca agir por uma vereda própria do poeta francês, intuída e insuspeita: o uso da alegoria como método de representação da modernidade. O traço heroico[3] da atitude escritural faz com que o texto desenvolva-se sob a sombra-predicado de Baudelaire ao transferir os vínculos conceituais para atuar sobre a enunciação textual: "E fora, baudeilairianamente, pelas ruas geladas" (ANDRADE, 2000, p. 57).

---

3   Mais à frente veremos como tal traço transita entre o simbólico e o alegórico, a partir do conceito elaborado por Walter Benjamin como caracterização da lírica de Baudelaire.

A imagem do poeta é a referência heroica da qual o texto se apropria para formar sua própria tessitura. A figura de Baudelaire é constantemente trazida para dentro do texto e destacada de seu templo (livro-símbolo) para viver na escritura de *Os condenados*: "Sobre o leito, pendia uma gravura destacada do livro. Era Charles Baudelaire" (ANDRADE, 2000, p. 57). O retrato será a voz de uma leitura, reescrita corporalmente: "Andou. Repetiu com os punhos amarrados versos de Baudelaire" (ANDRADE, 2000, p. 53). Porém, não só como presença citada Baudelaire atua na narrativa. Parece transitar como leitura, linguagem, diagrama do corpo textual que o espelha. Como imagem espectral que rodeia os meandros do texto, impõe sua forma-linguagem sobre a voz autoral. A personagem referencial presentifica-se: vive ficcionalmente sua própria ficção e a ficção de seu leitor, a escritura condenada.

Walter Benjamin no livro *Charles Baudelaire: um lírico no auge do capitalismo* (2000) pensa a singularidade heroica do poeta em sua vivência na modernidade: "Baudelaire conformou sua imagem de artista a uma imagem de herói" (BENJAMIN, 2000, p. 67). O herói como poeta interpreta alegoricamente o transitório e exerce seu heroísmo por se reconhecer, criticamente, mercadoria. Desvincula-se de sua decaída função simbólica para atuar no papel vago que a sociedade industrial lhe disponibiliza: "(...) tinha em si algo do ator que deve representar o papel do 'poeta' diante de uma plateia e de uma sociedade que já não precisa do autêntico poeta e que só lhe dava, ainda, espaço como ator" (BENJAMIN, 2000, p. 156).

Por meio da alegoria, o poeta expõe o discurso Outro, do que se excluí, assim como ele, do processo de produção. Salta sobre o linear para representar o corte: não suspende a aura, mas tropeça pela lama que a recobre. Recondiciona sua imagem junto ao lixo, aos resquícios expelidos pela indústria. Não é mais símbolo, pois herda um papel e uma fatalidade: carregar, como um condenado, a aura-auréola em meio aos resíduos, ao danificado, ao corrompido.

O ensaio que segue buscará os traços da leitura ficcional que a *Trilogia* faz de Baudelaire, ao adotar o procedimento alegórico como forma discursiva de ruptura dos padrões burgueses de representação. Tal leitura direciona a escritura condenada para se autoformar como imagem descontínua, em ruínas, a fim de se obter, por meio da alegoria, o desmonte do discurso da tradição, essencialmente simbólico e a atualização da linguagem via o fragmentário e o decomposto. Baudelaire, retirado do livro-templo da tradição, será o correlato da voz autoral como força alegórica desintegradora? A partir da leitura benjaminiana de Baudelaire, como metáfora do artista moderno, a narrativa de *Os condenados* torna-se a ficção da ficção de uma leitura da modernidade, enquanto ruína e fragmentação do simbólico?

Ao ler Baudelaire sob o prisma da alegoria, a *Trilogia* redescobre uma modernidade a partir de imagens transitórias. A narrativa exibe o duplo, o oblíquo, a sombra-aparência que permeia todo o objeto, de forma a estilhaçar o estabelecimento do sentido. Procura trazer para o seu corpo o presente do objeto. Para isso, confrontam-se duas imagens ficcionais do período: o poeta-símbolo e o poeta-alegoria.

O primeiro atua como herói contextual de uma tradição acadêmica, seguidora do modelo maior: as leituras francesas. Enquanto autor, adota um caráter acrítico, pois se beneficia da circunstância à luz de sua auréola. Justifica-se modernamente ao formar sua imagem pela adequação e incorporação dos signos da técnica e do progresso. Porta a aura ressequida como método de construção representativa e a manutenção de um prestígio personificado. Também, mantém uma distância perspectiva a fim de assegurar a preservação do símbolo, cuja aura efetua-se na temporalidade da transcendência, sob uma referência clássica e romântica de harmonia e organicidade que edifica a aparência de todo o objeto.

O segundo atua como herói de uma modernidade lida alegoricamente. O poeta vê-se deslocado de seu lugar aurático e adere ao discurso dos excluídos. Incorpora ao texto o andar trapeiro para reconhecer no lixo da indústria sua matéria poética: sob a forma do fragmento e do danificado, exibe sua mercadoria literária em alegorias. Destrói todo o simbólico a fim de caracterizar o corte e a ruptura que seu olhar crítico reconhece como papel. Visa não brilhar a aura, mas a lama que a recobre. Torna o objeto efeito do presente temporal: aproxima o olhar por meio de uma percepção desintegrada e em choque para recolher a mutação que tudo corrói; o salto e o caminhar errante como máquina de metaforização contínua: "Ele determinou o preço que é preciso pagar para adquirir a sensação do moderno: a desintegração da aura na vivência do choque" (BENJAMIN, 2000, p. 145). A matéria lírica não se interioriza na revelação do símbolo, mas no instante do choque. Do progresso emerge a Melancolia: a modernidade como perda contínua sobre o que se ergue em aparência. Ruína onipresente que faz o tempo escorregar em sua própria construção–desconstrução. Instaura no discurso o descontínuo para interromper a linearidade e reter o instante entrevisto como poética.

A mentalidade literária cultivada entre os anos 1910 e o início dos anos 1920 apoia-se em um pretenso traço de cultura civilizada neste Brasil da Primeira República. A *Trilogia* insere-se neste momento de diluição que se traduz por uma literatura em suspensão, ou seja, em confinamento estável de sua elevada aura. A linguagem, ao obedecer a uma pretensa unidade, renuncia às reais tensões implicadas no período. Tal vácuo é preenchido por situações ficcionais em que o escritor é o olhar que rege a organização interior da apreensão empírica sobre o real: este olhar é a capacidade mágica da expressão. Linguagem e autor se encontram, pois são, igualmente, o adjetivo que figura a linguagem para a expressão da aura – esta, instrumento funcional para a resolução de uma imagem que traga internamente a precisão do signo técnica. Não é mais o esteta, mas o ativista capaz de incidir sobre a realidade por meio de sua ação escritural: a arte como moral e missão, tradutora e mimese do progresso.

O romance *Os condenados* busca combater essa percepção sobre a técnica. Encontra-se com Baudelaire para reler criticamente a linguagem antecedente: "(...) campeões do utilitarismo social, no momento mesmo do triunfo de seu ideal, veem-se transformados em personagens socialmente inúteis" (SEVCENKO, p. 107, 1983). Baudelaire representa a decomposição dos significados de tal escrita. Estiliza a desintegração da subjetividade poética como forma de pensar o próprio papel da linguagem literária condicionada aos padrões do mercado. Os pressupostos do *Ideal* – desejo da fusão originária, o tempo imobilizado – e do *Spleen* – o tempo inimigo, a catástrofe em permanência, a imagem da ordem destruída – percorrem a *Trilogia* para traduzir-se no desencanto da arte substituível. O poeta condenado opera este espaço em relação ao tempo para implodir a unicidade da palavra. O hiato que atravessa, a lama em que caminha, produz no texto uma mobilidade eternizada por bruscas interrupções sobre a sucessão transformativa da atualidade. É a partir da aparência paradoxal do progresso – o sistema de produção que se movimenta para estagnar – que arma sua poética.

A obra de arte, frente à imposição técnica, perde sua referência simbólica, construída entre a autenticidade e a experiência. Nesse ponto, o conceito benjaminiano sobre a queda da aura se desdobra no romance de Oswald: deslocado da mediação contemplativa da distância, o poeta aproxima o olhar sobre o objeto artístico. Lança-se à multidão, imagem primorosa do fragmentado: a massa uniforme exteriormente, mas internamente múltipla e viva, corroída pela sua dispersão. Contradiz a aparente uniformidade pelo choque para recolher imagens singulares. Traz para sua aura a vivência do presente: uma leitura mediada não pelo símbolo, mas entre símbolos. Mostra a ausência no edificado, o Outro do discurso, a sombra que difunde espectros de uma unidade perdida.

A leitura de Benjamin sobre Baudelaire sugere uma noção de modernidade que a *Trilogia* explora como forma de representação ficcional. Por meio de constantes deslocamentos e saltos, a obra cria o desmonte dos contextos ficcionais da tradição analítica do romance burguês. Pela alegoria, arranca os objetos de seus formatos habituais para construir uma leitura sobre o indefinido, por imagens fragmentadas, significantes de uma universalidade em ruínas. O poeta opõe-se pela utilização analógica das várias fisionomias que coleta da paisagem industrial – proletário, dândi, suicida, prostituta etc – daqueles que vagam inúteis na produtividade da circunstância.

Ao adotar Baudelaire, a escritura condenada tem por meta a digressão, que faz espalhar os resíduos de um símbolo esfacelado. Por isso, parece rejuntar as ruínas de uma arquitetura romântica, os destroços do texto Ideal escrito. Seguindo uma tradição autoral, a estrutura narrativa molda as personagens como representações funcionalmente estéticas, para atuarem como ficção da ficção maior, em que o modelo Baudelaire, além de ser uma interpretação das transformações operadas pelo tempo, é também uma forma de repercussão sobre as reais tensões da modernidade.

Capítulo I
Aura: ficção do poeta-símbolo

Enredos: a missão do escritor e o curso das leituras simbólicas

Não há dúvida de que o primeiro romance de Oswald de Andrade tenha como uma das principais linhas orientadoras de sua constituição o pressuposto autoral, cujo produto final, a obra, corresponda às expectativas decorrentes da recepção cultural. O escritor, no início do século XX, além de personalidade, traz em si um traço de personagem, já que sua própria escritura busca conformar linhas que se encontrem na imagem final do autor.

Qual seria a imagem da escritura desenvolvida no período de criação de *Os condenados*? De que maneira ela é operada e a quais exigências estava submetida? É certo que a ideia de texto literário vincula-se à prática de uma ação que encontra nas transformações sociais o conteúdo de sua imagem. Fruto de uma visão cultural oriunda de certo positivismo, o saber depositado no método científico, o escritor tem como tópico fundamental ser uma assinatura associada à sua função social.

A imagem do escritor constrói-se pela assimilação dos motivos ditos modernos, ao mesmo tempo em que se mantém resguardada por uma situação privilegiada: dizer as novas formas no seguro palco em que sua auréola, socialmente reconhecida, permite. Há, internamente a toda intenção escritural, a forma simbólica que legitima a ação autoral. Um discurso de significação ideológica é parte estrutural do poeta-símbolo, criador de mecanismos propagadores de um imaginário, cuja literatura não ultrapassa a condição de apêndice de signos sociais maiores. Uma maciça produção é manuseada placidamente em suas próprias contradições. Produzem-se amenidades forradas por uma aparência modulada pelo controle autoral. Como testemunha Antonio Candido:

> (...) era, sobretudo uma conservação de formas cada vez mais vazias de conteúdo; uma tendência a repisar soluções plásticas que, na sua superficialidade, conquistaram por tal forma o gosto médio, que até hoje representam para ele a boa norma literária. (...) As letras, o público burguês e o mundo oficial se entrosavam numa harmoniosa mediania.
> (CANDIDO, p. 109, 1992)

A ideia de estilização orienta a construção formal e acaba por fornecer uma linguagem cuja variação adota uma forma conferida de antemão. Há, possivelmente, uma ideia de universalidade prévia, com que o símbolo instrumentaliza a representação de uma "classe" de escritores sustentados por um padrão auratizador sobre o objeto artístico.

A produção literária do início dos anos 1920 movimenta-se por um sistema de solidificação hesitante entre uma moral estético-impressionista e uma oposição por renovação. Essa coexistência reafirma um pretenso traço de cultura civilizada em que a linguagem é apenas ressonância de uma mentalidade. Tal período deve ser entendido como traço contextual da narrativa de *Os condenados*, interlocutor da obra: as diluições cênicas em torno dos emblemas da *Art Nouveau* e da *Belle Époque*.

Apesar do contexto de transição, ou mesmo de diluição, percebe-se um conjunto de textos cuja literatura parece estar em suspensão, pois recolhe do imaginário apenas concessões sobre as reais tensões, de modo a obedecer a uma pretensa unidade escritural, acadêmica e modelar.

O poeta, como símbolo representativo, tem como missão desempenhar um papel: assegurar politicamente a internacionalização da arte, a pasteurização da linguagem como forma de afirmação civilizadora. Os modelos visam mimetizar as circunstâncias à representação, o que assegura a legitimidade de sua voz padrão. Recalques científicos conviviam com as imagens ficcionais de forma a dar um contorno crível e elevado ao que se entendia por realidade nacional e identidade em construção.

Como reflexo de "(...) um cosmopolitismo agressivo, profundamente identificado com a vida parisiense" (SEVCENKO, 1983, p. 43), o modelo maior (as leituras francesas) transpõe-se como uma imagem justificada pela nova ordem liberal progressista: formas universalistas retiradas de uma civilização-modelo presente ficcionalmente pelas leituras. Por isso, tais leituras de uma possível modernidade são operadas como instauração de símbolos e, daí, o artificialismo; a utilização de instrumentos que não operam a realidade como problema, mas recursos propagadores de um *status*, vertidos sintomaticamente na figura do autor. Os modelos não se disseminam digressivamente, mas em interpretações simbólicas complacentes com "(...) uma sociedade altamente urbanizada e sedenta de modelos de prestígio" (SEVCENKO, 1983, p. 51).

Então, uma cumplicidade feliz e acabada entre o leitor e autor se estabelece. O último não será ponto de tensão, mas o representante oficial desta sociedade que vislumbra a modernidade: "Não era a literatura que reproduzia a realidade, porém a realidade que reproduzia a literatura" (SEVCENKO, 1983, p. 272). Tal noção de realidade é ponto redutor da criação ficcional, já que o literato buscava "(...) o prestígio definitivo que só a literatura poderia lhes dar" (SEVCENKO, 1983, p. 274). O poeta é símbolo de uma promessa de futuro centrada em uma tradição de identidade passada.

O escritor ficcionaliza seu próprio papel ao assumir-se herói, pois se imbui de uma missão reformadora ao representar uma nova ordem social. Sua perspectiva triunfante adere a um modelo educador e filtra as diferenças expostas socialmente para estabelecer uma verdade possível. A Literatura serve de utilidade pública, espaço para subscrever sua própria consagração:

> (...) (a literatura) representava a própria Redenção em si mesma. Eis a razão pela qual Leonardo Flores podia suspirar ao fim, plenamente satisfeito consigo e com sua realização: 'porque cumpri o meu dever, executei a minha missão: fui poeta'. (SEVCENKO, 1983, p. 284)

A ideia de remodelação permite que a escrita ocorra "(...) pela aura da ciência e do progresso material, assomado como próprio amálgama promissor da máxima racionalidade, fartura, paz e felicidades possíveis" (SEVCENKO, 1983, p. 96–97). Desse modo, o poeta manipula a reforma dos símbolos – nunca a ruptura – de modo a assomar-se sob a figura autoral, o integrante, o transformador e o intérprete.

Os literatos seriam, então, lumes que incorporariam à sua imagem um papel institucional, propagador do intercurso histórico, ciente do símbolo que porta. Entende-se a literatura como história, no sentido de eleger símbolos a partir do transcorrer linear do tempo sob a ideia corrente de transformação. Forjada ficcionalmente, exemplifica moralmente os eleitos históricos.

A trilogia do exílio insere-se no primeiro discurso modernista, enquanto sintoma de uma crise, pois destaca da ideia de atualização o signo da Melancolia. O próprio enredo elege temas que servem de apoio para variações que gravitam em torno da imagem da condenação. Como anunciado na introdução, o romance está estruturado em três partes lançadas em datas diferentes. O primeiro volume *Alma* (1922) conta com um esquema traçado na relação entre três personagens centrais: Alma, prostituta que vive o impasse entre uma pureza prometida na infância do passado e um presente profano e transgressor, representação do estado condenatório que seu tempo decadente estabelece. O amor é o tema central que a correlaciona aos outros dois personagens: João do Carmo, telegrafista aspirante a poeta, apaixonado e subserviente aos desejos da protagonista, e Mauro Glade, cafetão, caricatura do cafajeste, construído sob uma imagem máscula que a domina emocionalmente. Além deles, há o velho Lucas, pai de Alma, pobre e anacrônico, representante dos valores passados, pois envergonhado pela condição da filha, não encontra respostas para seus anseios morais.

Mauro e Alma mantêm uma relação instável e se separam constantemente. Nesses intervalos, João, desde sempre apaixonado e inspirado pela leitura de Baudelaire, consegue se unir à protagonista, mas é sempre interrompido devido aos ímpetos de Alma: ora pelas voltas com Mauro, ora pela prostituição. Tais fatos configuram ao telegrafista vários dissabores, o que propicia imagens interiores dilaceradas pela ideia do suicídio.

No decorrer da trama, o velho Lucas morre (aparentemente decepcionado pelo comportamento da filha e, até mesmo, por se perceber sem função), o que no enredo abre passagem para outra personagem: Alma fica grávida de Luquinhas. O menino nasce, mas isso não é capaz de submeter Alma a uma relação estável com João, que tem como proposta o casamento, modelo que consagra os ideais românticos e burgueses. Nesse ínterim, volta a frequentar as rodas de prostituição a convite de sua amiga Camila.

A solidão de João é cercada por imagens da boêmia paulista, pela qual potencializa a figura do incompreendido. Alma ressurge lançada à miséria e, mesmo com o auxílio de João, Luquinhas morre por falta de cuidados. João e a protagonista reatam. Reaparece Camila e a volta para a prostituição barata nos Jardins da Luz. O redemoinho de emoções faz com que o estado aflitivo de João se intensifique. Alma reencontra seu primo Jorge d'Alvelos, escultor que retornava da Europa. A narrativa tem fim com o suicídio de João do Carmo.

O segundo volume *A estrela do absinto* (1927) é o bloco mais extenso da trilogia, agora protagonizada por Jorge d'Alvelos, artista de certo renome nos círculos boêmios da cidade, que retorna de uma temporada de cursos em Roma. Começa, então, o envolvimento amoroso com Alma. O narrador refaz a história da família vinda do Amazonas, o passado rural, em contraste com a metrópole no tempo presente do enredo. O romance entre os dois é entrecortado pelo reaparecimento de Mauro e o retorno de Alma à prostituição. Entre brigas, separações e traições, começa o martírio emotivo de Jorge, recortado pelas imagens urbanas da São Paulo industrial, as rodas de amigos boêmios, a angústia no *atelier* e a multidão no Carnaval. O artista percorre sua via-crúcis interior, momento da transformação da consciência. Irrompe na narrativa a morte de Alma, consequência do espancamento cometido por Mauro. Em seguida, Jorge tenta o suicídio em meio à imagem do enterro de Alma, às visões narcotizadas e ao Carnaval, junto da sombra--personagem de um pierrô. O artista sobrevive e as transformações interiores se materializam em reflexões sobre a existência de sua vida emotiva e material. Ao final, a antiga namorada Mary Beatriz reaparece, mas logo morre, o que volta a acentuar os conflitos religiosos e morais de Jorge.

O terceiro volume *A escada* (1934), bloco final do romance, aponta para a transformação de valores de Jorge, que como não poderia deixar de ser, dá-se pelo amor, encarnada na figura de Mogol. A conversão ao comunismo substitui a antiga fé cristã, patriarcal e de moral rígida. O artista irá expurgar seus desencantos e dores no exílio, em uma ilha, onde encontra gente simples, de uma possível honestidade sem máculas. Será o fim redentor de Jorge, que encontra a paz emocional e a saída para seus conflitos morais na ideologia comunista.

A partir de temas procedentes da metáfora da queda e da condenação, o enredo se desenvolve por ações que implicam uma representação estética, de modo a figurar o poeta-alegoria. Alma, sob o signo da prostituta, refaz um caminho de pureza anterior, éden de um passado configurado como promessa de felicidade, para viver o fundo comum a todas existências retratadas. Da mesma maneira, João do Carmo comete o suicídio a fim de demonstrar sua profunda inadequação ao tempo em que vive: idealiza desejos em expressões emotivas que não encontram par na transitoriedade efêmera das relações desenhadas. Mauro encarna o contraponto, que evidencia o impasse vivido por Alma e a desilusão de João. Jorge protagoniza, na narrativa, a consciência transformada por meio da passagem da convicção cristã para a comunista. Caracterizado como o artista cuja sensibilidade atesta a precariedade dos ideais de seu tempo, modifica-se pela convicção utópica que, porém, não o livra do estado de condenação previsto no enunciado, fato comprovado na frase final do romance: "No mundo do sofrimento" (ANDRADE, 2000, p. 354).

O romance, em certa medida, reflete a posição antagônica de escritores-artistas inseridos no valor de mercado, pressuposto evidente na emergente cidade urbana. Deslocados de seu lugar de privilégio, pulverizam-se em posturas que são, ainda, recortes de uma ficção, objetivação de um gesto simbólico, traduzido na figura do boêmio. São, sobretudo, poetas-figura de contorno definido, sob a sombra da inutilidade social que recai como uma fatalidade: um destino a ser cumprido com a resignação de um herói. Porém, tais figuras trazem em si um duplo, pelo qual se extraem e desdobram imagens deterioradas, de modo que tal generalidade instala-se na própria concepção de linguagem.

À primeira vista, a transição no romance parte da ideia corrente de remodelação: adere ao valor de fachada, como uma nova forma para a nova ordem. As próprias personagens da *Trilogia* refletem tal postura: Alma, a prostituta; Jorge, o artista incompreendido; João, o sensível admirador lírico etc. Porém, as imagens melancólicas são construídas por um sentido de negação sobre a instauração do novo que aponta para um presente escorregadio. Nesse sentido, o olhar oscilante acompanha o movimento do poeta em caminhada, o que lança sombras sobre a fachada simbólica, ao fazer com que a linguagem duplique a significação. A cidade, por exemplo, expõe não a harmonia decantada da renovação, mas o convívio estreito entre o novo e o danificado, ao mesmo tempo em que apresenta o presente não como forma de futuro, mas como anúncio do que não se realiza:

> No Jardim Público (…). Atravessou-o em reta; saiu. Encaminhou-se por esquinas populosas e pobres. Estava no Bom Retiro. (…) Bondes passavam pejados de populares, garotos brincavam em bandos maltrapilhos, carroças iam lentamente.
>
> Chegara a uma rua sem calçamento que se perdia no campo. Penetrou numa estrada terrosa aberta na relva pisada. Em sua frente, desenhou-se a sinuosidade do terreno onde corria o Tietê. (…) Vacas paravam na distância. Um cãozinho ladrou.
>
> A cidade mudara de silhueta. Um vento ríspido agrediu-a. O grande Jesus da torre tutelar do Sagrado Coração dava-lhe as costas. Pensou vagamente em se matar (…)
>
> As carroças enchiam-se lentamente de areia peneirada. O quadro simples de rude trabalho atraiu-a. (ANDRADE, 2000, p. 96)

O andar que acompanha o olhar poético nos dá uma cena exemplar dos duplos de uma linguagem em ruínas. As imagens percorridas pelo espaço apreendem as diferenças de modo a informar a modernidade no plano da enunciação. Convive o maltrapilho e a carroça na contínua escavação das ruas; junto ao anacrônico, os verbos dão um ritmo lento à cena, da mesma forma que aceleram a apreensão dos dados em transformação. Configura-se, então, a cidade enquanto personagem a criar o mecanismo de espelhamento entre as ações subjetivo-gestuais e as transformações do espaço cênico.

A própria condição do escritor é reavaliada a partir de uma posição crítica. A tradição assegura-se visualmente nas feições da *Belle Époque*, na impessoalidade que se ajusta ao gosto médio ao diversificar amenidades de uma literatura que serve de "(...) instrumento particularmente eficaz de propaganda intelectual" (SEVCENKO, 1983, p. 275). Já a *Trilogia* busca expor a dualidade exposta do presente pelo discurso fraturado da personagem Jorge:

> Até a arte lhe negavam! Conseguira até agora vender somente aos amigos. Com isso se mantivera. Uma tristeza cortante possuiu-o (...). O espírito do poeta precisa de expectadores, mesmo que sejam búfalos (...). O lixeiro entendera, o crítico não. (ANDRADE, 2000, p. 226)

Como se vê, o poeta aqui tem a consciência de seu papel na modernidade: sem expectadores, procura junto ao lixo, ao desarmônico, uma possível comunhão. Tal visão transforma o valor da impessoalidade em indiferença e a diversificação temática em inadequação formal. Na verdade, a narrativa busca expor o *outro* do discurso, de modo a tensionar a significação da linguagem e lançá-la em choque com o modelo oficial.

Desse modo, a *Trilogia* procura lançar uma visão crítica sobre a produção escritural de seu tempo. Munida de oposições, lê o imaginário em andamento a partir de sua desfiguração, pois não o retém enquanto sistema ou processo. Já a escrita da tradição preenche o vácuo exposto pela modernidade com situações ficcionais. Os modelos franceses, tomados como referência de uma civilização presente ficcionalmente, tornam a estilística ficção de uma leitura. O gênio deixa de ser um predicado para transmutar-se em signo absoluto de uma instituição. A escritura de Oswald incorpora tais figurações para colocá-las como sombra, tateando uma nova conformação, demonstrada pela voz das personagens: "– É um delinqüente! É mais um gênio!" (ANDRADE, 2000, p. 229). O que provoca a resposta evasiva do escultor, que recolhe do tempo as mutilações da eternidade simbólica: "– Esta vida anda durando muito..." (ANDRADE, 2000, p. 229). Dessa leitura da figura do gênio emerge o caminhar entrecortado do discurso "inútil": "Hipocondríaco, quebrado de dores absurdas, o escultor saiu à toa pelas ruas" (ANDRADE, 2000, p. 229).

Vê-se, nesse contexto da *Art Nouveau*, a arte como protótipo submetido ao advento da técnica, em posição acrítica. A escrita torna contemporânea a linguagem como reflexo do presente. O conceito de inovação aproxima-se das imagens circunstanciais ao incorporar motivos da técnica em ornamentos:

> (o artista) preocupava-se em descobrir a estrutura interior das coisas, os processos ocultos de criação das variadas formas de vida vegetal e animal, para depois estilizá-los, processos e estruturas, em formas artísticas. (PAES, 1985, p. 67)

A aura traria a resolução em imagem estilizada, para que insurja a estrutura do objeto em funcionalidade simbólica; o que significa a circunstância transformada e corporificada como unidade representativa de uma verdade, desde sempre, assegurada.

Já a *Trilogia* extrai o mesmo funcionamento de continuidade operacional da imagem da multidão. A poética será invadida pelo olhar que revela a consciência da passagem corrosiva sobre a máquina geradora de progresso. Tal proposição é vista na construção da linguagem do romance como impossibilidade de unidade:

> De fora, da rua asfaltada e larga, vinha um cascatear contínuo de veículo rodando, arfar de motores, gritos, cornetas (...). Os dois artistas caminhavam na busca inocente do maravilhoso que passava nos carros, com toaletes estranhas, evocativas de sonho, restauradoras de épocas e países. (...) a linha desmesurada de alegorias rolantes (...) E os dois amigos seguiram, bebendo pelos olhos a sucessão de carros, automóveis, caminhões, que faziam a exibição processional, sem máscara, da urbe cosmopolita e milionária. (ANDRADE, 2000, p. 238)

Na cena, o olhar mostra a multidão como "linha desmesurada de alegorias rolantes", de certa forma, máquina projetiva da modernidade. Nesse sentido, a dispersão é a própria unidade que se orienta a "beber dos olhos", para que o atual se materialize na sucessão. Por isso, os carros, paradoxalmente, formam uma procissão, como forma de proeminência metafórica do passado no presente. A evocação do sonho, como promessa que o presente e o passado não são capazes de cumprir.

Criam-se desvios da unidade pela visão corrosiva sobre o tempo, o que seria mais um desdobrar alegórico, uma duplicidade: a paralisação interna sob a mobilidade exterior aparente, o estático que não renova, mas decompõe e planifica: "Percebeu através da cortina de lágrimas, ao seu lado, os circunstantes. Eles permaneciam extáticos como modelos, em composição es-cultural, para um grupo da Desgraça" (ANDRADE, 2000, p. 206).

Baudelaire é visto, no período, como símbolo de uma ficção renovada, modelo de oposição, porém aceito como integrante de uma tradição literária:

> Reportando-se ao mundo cosmopolita e em franca industrialização – enquanto se contrapunha ao universo rural que remetia ao passado –, enquadrava-se no conceito de modernidade instituído por Baudelaire, na ideia do efêmero, do fugaz, do passageiro. (CAMARGOS, 2002, p. 29-30)

A modernidade intuída a partir de Baudelaire traz uma leitura ainda situada sob os paradigmas da tradição. Vê-se um satanismo estereotipado, uma atitude afetada, preocupada em possibilitar uma ficção para o imaginário boêmio. Por isso, a leitura que a *Trilogia* realiza de Baudelaire ainda conta com uma perspectiva em que: "A imortalidade da palavra poética no livro e a precariedade da anedota na imprensa estão intimamente associadas dentro do sistema parnasiano (...)" (CHALMERS, 1976, p. 20). O peso da linguagem ainda vigora sobre o conceito de obra mediada pelo prestígio do autor; o primeiro Oswald teria que corresponder ao sistema ao qual estava vinculado:

Oswald começa, pois sua carreira na boêmia de café. O literato de futuro é um jornalista já formado dentro dos preceitos da imprensa panfletária e humorística, mas o jornalismo não é considerado uma atividade edificante para um futuro escritor; a literatura a sério se pratica com vistas à glória acadêmica. (CHALMERS, 1976, p. 20).

A própria visão de Oswald pontua-se pelo compromisso com a tradição ao associar a prática escritural à missão social, em conferência de 1944:

> (os intelectuais) Se sua missão é participar dos acontecimentos. Como não? Que será de nós, que somos as vozes da sociedade em transformação, portanto os seus juizes e guias, se deixarmos que outras forças influem e embaracem a marcha humana que começa? (ANDRADE, 2004, p. 170).

O comentário acima se ajusta à descrição do poeta-símbolo. Este parece ser um impasse permanente do autor, refletido na ideia de um escritor socialmente atuante e participativo: "De fato, o escritor é que tem responsabilidade essencial do seu tempo. Ele é a voz da sociedade. Por seu cérebro falam os anseios do futuro, as lágrimas e as cóleras do presente (…)" (ANDRADE, 2000, p. 86). Em artigo de 1943, o destino grandioso em meio à expressão da personalidade reforça uma singularidade forçosamente acentuada para um poeta concebido simbolicamente:

> O destino de uma literatura está preso aos seus grandes homens. (...) sem a força expressional de sua personalidade, outros podiam ser os caminhos abertos para o futuro (...). A presença de um grande escritor impossibilita a inflação dos valores medíocres e põe sempre no julgamento critico um ponto alto de referência e de destino. (ANDRADE, 2004, p. 118)

Como já dito, considerando-se a obra de Oswald em sua totalidade, vê-se no mesmo escritor duas posturas que Antonio Candido coloca como eixo de comparação entre o par *Miramar-Serafim* e *Os condenados*: "(...) os dois grupos de obras foram compostos praticamente lado a lado, intercalando-se como se o autor se desdobrasse num modernista e num passadista (...)" (CANDIDO, 1990, p. 36).

A *Trilogia* apropria-se da leitura simbólica e modelar como autolegitimação – o que se atenua no próprio enredo, em que as personagens são consagradas como símbolos heroicos:

> Jorge d'Alvelos na sua magnanimidade de artista não se queixava da cidade que o não soubera compreender e salvar. Era preciso haver sacrificados como ele e como Alma, desastrados geniais,

estupendos, que fizessem a glória santa de metrópole atordoante, como outrora fora necessário haver mártires e santos (…). (ANDRADE, 2003, p. 248)

Aqui, as personagens encontram-se em posturas aparentemente transgressoras. Na verdade, oscilam entre a infração e a adequação sob o código da tradição. Reproduzem essencialmente o próprio discurso escorregadio do primeiro Modernismo: "E ele não compreendia, embevecido no idílio em que se lhe apodrecia beneficamente a vida" (ANDRADE, 2000, p. 89). Uma metáfora corrente, autenticada pelo procedimento autoral – "idílio" – atravessada pelo apodrecer da ação do tempo.

> Se não muda propriamente a construção, o romance, por alternações, almeja desestabilizar o método das leituras educadoras. Um anseio digressivo é percebido na dispersão interpretante para tornar-se uma unidade operacional a espalhar resíduos da linguagem anterior. A forma textual mantém ainda uma filiação com a escrita de expressão, mas também denuncia, no mundo de novidades sucessivas, a ruína que produz o desencanto: "Ele caminhava sobre as ruínas do seu sonho desfeito". (ANDRADE, 2003, p. 90)

A mediação que unifica o interior ao exterior dos fenômenos é promovida pela imagem do autor. O presente na arte ainda será a apropriação dos signos emergentes como forma de condicionar a linguagem ao seu princípio mimético, aliando-os como distanciamento do olhar simbólico. Este representa a realidade a fim de assegurar a harmonia de uma verdade e de um sentido que só seu domínio consagra.

De certa maneira, a *Trilogia* reproduz a estagnação que perpassa a mediação consagrada do autor. Porém, alastra sobre esse princípio alguns pressupostos oriundos da leitura de Baudelaire. E é por este viés que encontra sua diferença. Consegue, em certa medida, desestabilizar a relação entre leitor e autor ao romper o horizonte de expectativa pela exposição de imagens em choque:

> Nos passeios longos de bondes, pela noite à-toa, igualados na importância que davam às minúcias heróicas das próprias batalhas inglórias, indagavam se era possível que na vida não houvesse para eles os poemas consolantes. (ANDRADE, 2000, p. 145)

O poeta toma consciência da própria impossibilidade que é a escritura: não pode mais parar o tempo, mas o passar ininterrupto das cenas que recortam seu olhar. A criação artística deixa de ser consagração e se torna luta, o mergulho no choque, "inglória", pois não elege vencedores.

Desaloja o poeta de seu gabinete burocrático e o atira na rua: "Ia lendo um livro. Esbarrou a uma esquina (...)" (ANDRADE, 2000, p. 146). Adota o andar como consciência desperta pela experiência do choque: o poeta sai da imersão da leitura para vivenciar sua poética. Descarta a imobilidade de uma ficção idealizada para movimentar sua ficção, e por isso pensa criticamente a experiência escritural-contemplativa do passado. A partir de seu eixo contextual, a primeira narrativa oswaldiana coloca em tensão dois dados fundamentais do texto: o autor e a leitura. Tal diálogo torna-se mais explícito quando o advento do progresso surge como tema eleito e recorrente da cisão do tempo.

O PRECURSOR E A AURA FUTURISTA DO PROGRESSO

São Paulo assume papel central na articulação do primeiro discurso modernista. A cidade carrega em si elementos de uma atitude de combate ao nacionalismo localista e, sob o advento da industrialização, da imigração em massa e do emergente conceito de técnica, torna possível formas de atualização para a ficção. Enquanto personagem da *Trilogia*, metaforiza uma posição de antecipação em relação ao resto do país. Será palco da primeira expressão de vanguarda: o Futurismo.

O termo *Futurismo* designaria, a princípio, os anseios de jovens ligados ao círculo boêmio que cultuavam uma possível renovação no mundo das artes e da literatura: "Eles incorporaram a mística do artista-herói marinettiano – a do jovem agressivo, cheio de fervor, destruidor e ao mesmo tempo criador de uma nova ordem" (CAMARGOS, 2002, p. 41). O termo é aplicado, portanto, para o sentido de certa diversificação imagética em tintas retiradas do ritmo industrial instaurado:

> (...) (os modernistas) constroem sua ideia de modernidade em volta de alguns núcleos essenciais do futurismo – a consciência de uma vida transformada pela técnica e a conseqüente necessidade de encontrar uma expressão adequada aos desafios do novo tempo. (FABRIS, 1994, p. 88)

Em *Os condenados*, a cidade espelha o jogo entre o individual e o coletivo, a "vida transformada", paralisada pelo tempo-espaço do olhar poético, para conceber a consciência em alteração: "A cidade passava por eles na tarde longa e humilde" (ANDRADE, 2000, p. 121). O *passar* da cidade atravessa as personagens como materialização dos caminhos que se abrem.

O sentido futurista aplicado no sentido de atualização visa destacar o futuro do objeto artístico, antecipar formas. Fica claro um anseio em mimetizar as condições europeias, já que: "(...) os modernistas estavam inseridos no arcabouço institucional da sociedade burguesa" (CAMARGOS, 2002, p. 29). Veem-se anseios de renovação ainda compromissados com a tradição ou leitura simbólica. A própria *Trilogia* é reflexo desta posição. Em vários momentos estende uma panorâmica construída pelos elementos da atualidade emergente, de modo que os signos obedeçam à apoteose oferecida pelos novos tempos: "Automóveis passavam buzinando; bondes lá embaixo cruzavam-se. E desfilavam mulheres, escolares, prostitutas, mendigos – era o seu drama de grande espetáculo" (ANDRADE, 2000, p. 220).

A busca de adequação entre realidade e ficção faz com que o signo Progresso seja potencialmente representativo. E também, será, em certa medida, o traçado que alinha a técnica ao campo ficcional, incorporando-se à linguagem. A superação estética e política intencionada pelos modernistas paulistas traz a busca pelo dado diferenciador:

> Na busca de um começo, de um evento primordial que justificasse o caráter único de São Paulo no cenário brasileiro, os modernistas adotam duas estratégias fundamentais: elegem símbolos destruidores do passado, consubstanciados nas imagens mais vistosas da modernidade; dão vida a um 'mito tecnizado', isto é, um mito intencional, finalizado em si mesmo, fruto de uma comunidade particular, que busca em determinados momentos do passado

alguns valores congenitais a seus objetivos presentes. (FABRIS,1994, p. 8)

Percebe-se, então, a mesma fundamentação simbólica, o mesmo procedimento de criação a partir das leituras antecedentes que os próprios modernistas anunciam romper. A distinção efetua-se pelo caráter cosmopolita, constantemente pontuado na escritura oswaldiana: "A cidade toda movia-se, rodava. Maníacos, sonhadores vencidos, faziam também trotar na ciranda os esqueletos vergados e velhos sem perceber a inutilidade de seus gestos de pressa" (ANDRADE, 2003, p. 211).

A partir do exemplo, percebe-se na *Trilogia* uma diferenciação: a tríade transformação-transição-diluição, implícita na ideia de progresso, sugere um hiato e um viés a ser explorado. Se considerarmos o mito tecnizado uma forma de exploração retórica e persuasiva, assumindo uma configuração simbólica do próprio progresso, vemos o romance numa posição de negação, presente a partir do mesmo procedimento de continuidade, porém avalizada pela ruína alegórica. O poeta exerce sua heroicidade na linguagem, por vivenciar uma ficção que se projeta opositivamente aos valores utilitaristas da sociedade de mercado:

> A sua credulidade excessiva, imutável, atávica talvez, talvez voluntária, feita de

ânsia de artista, seduzido pelo delírio do absurdo, não opunha argumentos à fantasia perversa de Alma. (ANDRADE, 2000, p. 196)

Dessa forma, é construído um discurso pautado na caracterização heroica da personagem, ao resistir pela fantasia e pelo delírio, aos apelos da sociabilidade da linguagem.

De modo a formar uma imagem aurática para a cidade, os modernistas, neste primeiro momento buscam eternizar o tempo presente. Mesmo a ideia de futuro será uma forma de preservar um passado justificado miticamente. Assim, uma linguagem acentuadamente épica e primordial irá acompanhar a formação desse discurso:

> (...) Se definirmos a visão que os modernistas fornecem de São Paulo como um "mito tecnizado" é porque ela é mais projetiva do que efetiva, sem que isso implique o não-reconhecimento do processo de modernização acelerado. (...) que leva em conta tão-somente seus aspectos positivos, coincidentes com as conquistas da burguesia industrial. (FABRIS, 1994, p. 31)

Na verdade, os primeiros modernistas deixam escapar uma contradição contextual: o acelerado desenvolvimento tecnológico em convívio com uma ordem social estagnada. As novas imagens e os centros disseminadores da ficção ficam, por isso, subjugados à velha figura do poeta-símbolo, cuja heroicidade, agora, consiste em atuar sobre as formas do presente:

> "(...) construir uma imagem heroica da modernidade de São Paulo, usando toda sorte de recursos retóricos, não importa se nem sempre verdadeiros ou enfocados a partir de uma ótica peculiar" (FABRIS, 1994, p. 7).

O poeta, neste momento, faz-se herói no sentido de não apenas incidir sobre a realidade, mas também antecipá-la. O ato heroico ergue uma defesa em prol do futuro que sacrifica o artista, agora, ativista. Essa ação ocorre em um presente diluído sobre um passado que se eternizará, pela palavra, num futuro triunfante. Por isso, as imagens hiperbólicas, retumbantes e, sobretudo, retóricas, permeiam tal constelação escritural, preocupadas em atualizar um autor que porta a linguagem como arma.

Nesse sentido, a imagem do escritor conformada à do herói torna-se a ação presente, de modo a obter a palavra máxima – última, a verdade. Enquanto agente antecipa o curso, para ser, afinal, o precursor:

> (...) o presente dos modernos é diferente daquela tradição que fazia culminar o passado na atualidade: é um momento de transição que só tem validade como matriz do futuro, como forja da história em contínua metamorfose (...)

> o precursor funciona, entretanto, como um mito do momento de transição (...) (FABRIS, 1994, p. 83).

Este será outro ponto em que a escritura de *Os condenados* propõe um desvio. O precursor detém o saber da palavra ímpar num mundo de realidades precárias pela negação sistemática do passado e presente. Reafirma a aura simbólica ao dispor o presente transitório na palavra "eternizada" da literatura. A *Trilogia* correlaciona para desviar. A ideia de renovação se junta à ideia de destruição: o presente traz o transitório como marca da eterna perenidade que reveste o tempo: "À saída, escorregou na lama da calçada. A rua, em concertos de iluminação, levantava ao seu longo pedras empilhadas e montes de terra solta; uma lanterna vermelha indicava o começo da escavação humana" (ANDRADE, 2000, p. 191). O poeta não edifica, não projeta, não lança luz sobre o presente incerto, mas "escorrega" na eterna "escavação" que é o progresso – elemento que concretiza o hiato nas imagens, entre a "lama" e a "calçada".

O progresso acentua uma visão de modernidade comprometida com a ideia de atualização permanente. Traz para a linguagem o movimento de constante mutação que rasga o presente, o que anula a distância subentendida na mediação simbólica: "A dessacralização da figura convencional do artista (...) à procura de instrumentos poéticos capazes de traduzir a nova dimensão da vida urbana, vazada na simultaneidade e na multiplicidade (...)" (FABRIS, 1994, p. 264). Por isso, o discurso de representação ficcional incorpora, de certa maneira, o presente como abordagem construtora do tempo-espaço textual. Novamente, a narrativa de Oswald lança luz opaca sobre esta poética – o múltiplo e o simultâneo está na ação da ruína, onipresente no novo, ao correlacionar duplos: "O Largo da Sé parecia dormir, junto à Catedral, num silêncio de ruína em folha" (ANDRADE, 2000, p. 193).

A linguagem desse Modernismo inicial traz como protagonista ideológica a cidade de São Paulo. Curioso perceber que Baudelaire serve de modelo, inicialmente, pela abordagem temática urbanista e, posteriormente, pela ideia de "paraíso artificial". Tal linguagem empregada pelos primeiros modernistas (exemplares nas narrativas de Menotti Del Picchia, ou até mesmo no primeiro Mário de Andrade), ainda se pauta pela retórica convencional, portadora de uma espécie de épica[1] recomendada para o mito tecnizado. A

---

[1] Adorno pensa o elemento épico na plenitude de sua afirmação, forma unívoca, os "deuses mudos" de Bakhtin, próximo de nossa abordagem: "(...) a identidade impiedosamente rígida que fixa o objeto épico serve justamente para alcançar sua própria diferenciação, sua não-identidade com o meramente autêntico, como monotonia não articulada. As epopeias desejam relatar algo digno de ser relatado, algo que não se equipara a todo o resto, algo inconfundível e que merece ser transmitido em seu próprio nome" (ADORNO, 2003, p. 48).

programática ainda sustenta o discurso enquanto intenção e afirmação de classe, o que fica claro nas polêmicas levantadas por Oswald, reguladas por uma linguagem solene, como no famoso discurso do Trianon de 1921:

> "São Paulo é já a cidade que pede romancistas e poetas, que impõe pasmosos problemas humanos e agita, no seu tumulto discreto, egoísta e inteligente, as profundas revoluções criadoras de imortalidades" (ANDRADE, 1991, p. 27).

Percebe-se no trecho a cidade afirmada como linguagem da épica do poeta precursor. Tem-se incorporado ao discurso o movimento do presente, mas ainda se vê a imortalidade como valor escritural. Da mesma forma, observa-se a escolha vocabular que acentua tons heroicos em busca da consagração social: "(...) esse tinir de armas heroicamente arengadas em pacífica consagração literária" (ANDRADE, 1991, p. 27).

Mesmo que situado numa linha opositiva da tradição, este primeiro Modernismo, do qual Oswald é figura central, ainda está vinculado ao próprio discurso que contesta. Essa oposição será, de certa forma, não a remodelação anterior, mas a atualização, como no artigo de 1922, que busca uma simbologia plausível ao que se entendia por Futurismo:

> Queremos mal ao academicismo porque ele é o sufocador de todas as aspirações joviais e de todas as iniciativas possantes. Para vencê-lo destruímos. (...) Somos *boxeurs* na arena. Não podemos refletir ainda atitudes de serenidade. Essa virá quando vier a vitória e o futurismo de hoje alcançar seu ideal clássico. (ANDRADE, 1991, p. 21)

Como se vê, trata-se de uma visão herdeira dos principais predicados do poeta-símbolo: legitimidade social, ideal clássico e certo heroísmo triunfante. A diferença começa a se estruturar quando se atenta para a elaboração sobre a linguagem. Neste momento o discurso se filia à programática progressista, internamente revestida do modo simbólico de apreensão representativa. A ideia de destruição da tradição deste incipiente discurso inicia um movimento de desvinculação dos símbolos – o que no Modernismo será a efetivação de novos mecanismos de construção ficcional. O romance *Os condenados* parece ensaiar uma nova significação para a modernidade. Nesse sentido, a leitura realizada de Baudelaire será fundamental.

CRISE DA REPRESENTAÇÃO:
EXPERIÊNCIA CRÍTICA DAS LEITURAS

Uma evidente crise da representação traz para o escritor a missão de refuncionalizar os signos emergentes sobre o quadro planificado da tradição neste início do século XX. O primeiro discurso modernista caracteriza-se pela oposição dialogal das leituras educadoras precedentes. E aqui se torna invariavelmente crítico, sem, contudo, afirmar-se como presença distintiva. Cabe ressaltar as oposições que a *Trilogia* realiza como estratégia, a fim de decompor os traços unívocos de tais leituras simbólicas, mantenedoras do que se pode classificar como escrita de representação burguesa.

O termo "romance burguês" é usado como referência à tradição romântico-realista do século XIX. O escritor do período faz da escritura objetivo, ou seja, para manter uma ordem interna de qualificação artística, lança mão de uma série de proposições formais. Roland Barthes aponta, pelo uso do "passé simple", uma ficção que tem como intenção cultivar um discurso de classe: "Seu papel é reduzir a realidade a um ponto e abstrair da multiplicidade dos tempos vividos e superpostos um ato verbal puro (...)" (BARTHES, 2000, p. 27). Seu molde de representação é estruturado pela estabilidade simétrica em que o símbolo seja o modo de operação sustentador de uma ideia antecedente, pois "(...) visa a manter uma hierarquia no império dos fatos" (BARTHES, 2000, p. 27). Dessa forma, o que concebe como dissecação ou retrato da realidade, obedece de antemão a um molde fornecido pela tradição clássica. O romance propõe-se como "imagem de uma ordem", o que na verdade, nada mais é do que afirmar uma resolução ao "alienar os fatos" (BARTHES, 2000, p. 29). Barthes busca apreender da leitura dos romances do século XIX o molde discursivo inserido ideologicamente, sob a falsa aparência de renovação, na estagnação social:

> É por um procedimento desse gênero que a burguesia triunfante do século pôde considerar os seus próprios valores como universais e transferir a partes absolutamente heterogêneas de sua sociedade todos os Nomes de sua moral. (BARTHES, 2000, p. 30)

O primeiro romance de Oswald está situado no limite de transferência. Afetado pelo compromisso com a tradição que o legitima, a narrativa expõe a tensão que atravessa a própria crítica das leituras que o formam: "(...) em meio daqueles inexpressivos burgueses de mocidade extinta (...) Perambulava confuso por estéticas e religiões. Compunha versos e tinha medo de mostrá-los" (ANDRADE, 2000, p. 58). Vê-se uma recusa aos procedimentos classificados como "burgueses", referência clara à tradição, agora vista como modelo "inexpressivo". O tema propicia à personagem a vivência do hiato, em que "perambula" seu olhar em constante andar nas transmutações da mercadoria estética. Seu contínuo atravessar, carregado da vivência poética é a confirmação da inutilidade que "aborrece" o trabalho utilitário que move a cidade: "(...) parte berrante da jovem literatura cosmopolita da cidade. Atravessaram noites nos cafés, aborrecendo os garçons sonolentos e lendo" (ANDRADE, 2000, p. 58).

Os modernistas leem os romances do período como reflexo de uma mentalidade que reitera o compromisso com uma ordem que lhes promete um espaço de prestígio e utilidade. O que é apontado como qualidade – o grau de expressividade – muitas vezes nada mais é do que "expressão da convenção" (BARTHES, 2000, p. 30). Por esse viés os primeiros modernistas armam sua criação: fazer uma releitura da tradição a partir da negação do discurso normativo.

As oposições fazem-se metodicamente: resquícios do discurso romântico, presentes ideologicamente, amparam o caráter conciliador e acrítico sobre o tema nacionalismo; então, o *paraíso natural* é desarmado pela perspectiva urbano-cosmopolita da modernidade industrial. O tema amor reduzido ao sentimentalismo, enquanto prática de uma moral estético-burguesa, é uma das portas de tensão discursiva. A mulher--musa, símbolo da pureza romântica idealizada, não encontra figuração sob o referente urbano, já que seu lugar é recriado pelo advento do mercado de trabalho e consumo. A realização do ato amoroso permanece central, mas se esvai por outro viés, assim como as tintas que caracterizam a musa. Como depõe José Paulo Paes, que coloca *Os condenados* em interlocução,

> O tema do "eterno feminino", que no *art nouveau* esplende no estereótipo da mulher moderna, liberta dos preceitos de vida burguesa, ainda que o preço dessa liberdade seja a prostituição mais ou menos de alto bordo, gerou toda uma literatura de *garconière* (...) assim como nos dois primeiros volumes da trilogia *Os condenados*, de Oswald de Andrade, com sua prosa trabalhada a antecipar, malgrado "o entulho *art nouveau*" nela denunciado por Haroldo de Campos, (...). (PAES, 1985, p. 72-73)

O refúgio na natureza, típico exílio do poeta, incorpora gradativamente a leitura estética do modelo Baudelaire – os paraísos artificiais, as vielas dos grandes centros, indicadores do novo exílio em uma existência diferenciada na multidão. A *Trilogia* expõe um olhar que coloca em tensão a exterioridade e a internalidade dos objetos a fim de possuir sua estrutura, o fundamento tradutor do fenômeno. Isso faz a linguagem recortar a cidade para expor não uma imagem acabada, mas em construção:

> Havia uma Estação da Luz panorâmica, na parede do fundo. E a alma multifária do bairro cantava pelas cem goelas desafinadas de um orquestrão de campainhas (...) Foi atravessar a noite silenciosa, rodando a rua de lampiões (...) (ANDRADE, 2000, p. 120).

A oposição mais agressiva concentra-se no ideal estético parnasiano, já que esse dispõe de uma unidade representativa, que é lida como estagnação pelos modernistas. Por isso, a própria linguagem propõe uma representação do fragmentado – não necessariamente uma linguagem fragmentada – a vida à semelhança dos ruídos urbanos, sem uma unidade harmônica possível: "(...) E num eco doloroso e profundo, batiam nele todos os barulhos da vida" (ANDRADE, 2000, p. 123). Ao mesmo tempo em que expõe índices da modernidade, a narrativa revela uma visão pessimista desta. Como no trecho acima, tais índices agridem a consciência poética, o que demonstra mais uma vez a dubiedade presente no romance.

A presença do decadentismo francês e derivantes – a *avant-garde* – que irá redundar na explosão das vanguardas – é coligada, indiretamente, como leitura de Baudelaire: "As últimas décadas do século XIX são os anos em que desabrocha a modernidade definida por Baudelaire. (...) uma vaga ideia de algo que morre, de um mundo em decomposição" (FULVIA, 1989, p. 14). Encontra-se um molde de representação da modernidade baseado na ideia de um poeta herói, imbuído de uma missão moral: "(...) na segunda metade do século XIX, especialmente, que a arte se torna uma moral, uma religião, uma metafísica" (FULVIA, 1989, p. 15). Dentro de tal perspectiva, Baudelaire repercute problematicamente para a *Trilogia*: percebe-se sua presença, seja por meio da leitura simbólica e canônica, o que seria um traço de afirmação acadêmica, seja como instrumento de interpretação sobre a modernidade.

Em determinado momento do romance a personagem Alma, ao ver o retrato do poeta francês no quarto de João do Carmo, diz: "Parece um santo". Também a personagem Jorge vê sua condição de artista como "incompreendido" e, naturalmente, um "condenado". Estes momentos parecem auratizar o poeta modelo ao buscar uma moralidade na arte. Porém, outros momentos revelam uma leitura crítica de Baudelaire que repercute na incorporação de mecanismos funcionais da modernidade. Por exemplo, quando a voz narrativa revê o material poético que seu olhar traduz como linguagem: "Havia no céu distante, uma lua amorfa, entre nuvens esfarrapadas. Do astro doente, caíam reflexos na terra morta" (ANDRADE, 200, p. 169). A desfuncionalização poética do elemento lua aponta para a representação de um papel no cenário moderno. O poeta lê a lua como figura desprovida de significação poética, já que a iluminação se dá pela luz elétrica. Não é mais símbolo da representação subjetiva, mas "teatralizada" artificialmente, assim como o próprio "papel" a ser representado pelo poeta: "(...) A serrania invisível e crestada parecia constituir na distância infinita um fundo de palco. A lua sobre ela despencava teatralmente" (ANDRADE, 2000, p. 169).

A *Trilogia* parece vivenciar este momento de impasse do primeiro discurso modernista. A partir das oposições inicia uma crítica da tradição, o que estabelece a ideia da metalinguagem como princípio produtivo. Na verdade, revela, segundo João Alexandre Barbosa, uma crise da representação da realidade, o que potencializará o "direito à pesquisa estética" (Mário de Andrade):

> (...) pela impossibilidade de contar com uma linguagem para a objetivação das experiências e que não apenas servisse aos desígnios de uma 'permanência' com relação ao conjunto da sociedade, como viesse a problematizar a própria estrutura social dentro da qual existia. (BARBOSA, 1983, p. 82)

O romance de Oswald pontua seu narrar por meio de cenas recorrentes do impasse vivido: materializa na "lama" seu próprio caminhar em solo instável e movediço: "Estava na lama da rua, indeciso de novo" (ANDRADE, 2000, p. 172).

Extraí-se dessa visão uma situação cultural que parte do princípio da leitura como potencialidade representativa, em que se nota uma correlação: antes de estabelecer-se como forma, o Modernismo foi uma leitura da Tradição. Assim, projeta-se não só uma ideia de futuro, mas um desmonte do passado como modo operacional do presente:

> (...) o modo como foi possível instaurá-lo a partir de uma experiência de cultura anterior, codificada, criando deste modo um conjunto de relações que solicita uma nova leitura – nova com referência à anterior e não apenas como projeção de futuro (...) (BARBOSA, 1983, p. 75)

Por isso, a *Trilogia* demonstra, no decorrer de sua própria construção, uma possível reflexão sobre a linguagem, em que a personagem é exemplo da consciência poética frente ao utilitarismo do mercado estético; a "boneca', objeto manipulável, como em um teatro de marionetes, metáfora do ultrapassado: "Deixarás de ser a boneca que foste! Vê como é triste ser uma boneca... Que foste até agora? (...) E a tua consciência, que é a minha consciência, morta, apagada, inútil!" (ANDRADE, 2000, p. 175). A cena demonstra dialogalmente a linguagem em abismo: a poética no vácuo, no hiato, hesitante na vertigem da significação.

O primeiro Modernismo tem como princípio de inventividade textos que, invariavelmente, evocam uma forma anterior impulsionada pela leitura: a instância autoral praticamente determina a ideia de texto literário no período. O conceito barthesiano sobre o texto-leitura é auxiliar para a apreensão dos procedimentos de criação modernista, assim como para o próprio elo construtor da *Trilogia*, a sua leitura baudelairiana da modernidade. O autor é aqui o organizador sumário do texto, a voz que porta a verdade incondicional da realidade textual de modo a obedecer não só a um padrão elaborador, mas, sobretudo, à sua leitura:

> (...) o autor é considerado o proprietário eterno de sua obra (...) um tema de autoridade: o autor tem, assim se pensa, direitos sobre o leitor, constrange-o determinado sentido da obra (...) (BARTHES, 2004, p. 27)

Por isso, obedece a uma condição forjada na acepção simétrica, desde sempre associativa, pois "entremeia-se uma lógica do símbolo" (BARTHES, 2004, p. 28). Temos dois procedimentos simultâneos: uma leitura que legitima a escritura enquanto representação autoral e outra que associa o texto enquanto tensão das leituras anteriores, de modo a oferecer uma insatisfação produtiva sobre o material primeiro.

A construção oscilante de *Os condenados* parece estar mediada pela leitura que faz de Baudelaire. Oswald, em conferência realizada em 1949, atinge a consciência em ruínas que norteia a poética do poeta francês, o que se reflete intensamente no romance:

> Mas não são só os amores de Baudelaire que se decompõe. O mundo que ele vive também é uma infame *charogne*. É uma simples e nauseante decomposição. Enquanto a burguesia exibe o seu triunfo bestial, e de outro lado Marx a analisa, os poetas e os artistas refluem estoicos para a infelicidade. E de lá agem. Não se exibem mais como no Romantismo em gritos e lamentos (...). Esse isolamento, essa fuga, não representa abdicação nenhuma. É apenas a retirada do caos (...). O poeta tem pudor do seu estado de graça... ou de desgraça. (ANDRADE, 1991, p. 114)

É pela incorporação desse modelo de poética que se configurará a interpretação de modernidade da qual Oswald apropria-se, ficcionalmente, em seu primeiro romance. A escritura condenada cria desvios do discurso simbólico, pois parece compreender a ideia de texto como um "tecido de citações" (BARTHES, 2004, p. 62), passando a ser relato citado da crise escritural. O romance, em determinados momentos, parece se apropriar dos temas baudelairianos, o que configura o poeta como alegoria da modernidade, depositário do que é expelido pela sociedade de produção: nega a lógica, o sentido comum – "Trancara todas as portas do cérebro aos raciocínios" (ANDRADE, 2000, p. 207) – para tornar a abstração movimento e recolher na margem seu argumento poético:

> E caminhava ao lado do mendigo como se levasse para o primeiro encontro uma mulher amada. (...) Depois... o vagabundo voltaria, seria o seu modelo. Ele abrandar-lhe-ia a carne áspera, lavá-lo-ia, fá--lo-ia seu... (ANDRADE, 2000, p. 232)

A noção de transição ou hiato possibilita ao primeiro Modernismo uma intenção discursiva em que os significados sejam transtornados pelos significantes (desarticulação inventiva) por uma visão crítica (metalinguagem). Este movimento denuncia os instrumentos simbólicos da tradição como incapazes de problematizar a linguagem e, ao mesmo tempo, a realidade. A arte, de certa maneira, mimetiza a ideia de progresso em meio ao processamento do recorte técnico. O que em *Os condenados* surgirá como sintoma da impossibilidade da arte ser compreendida como representação efetiva, simétrica e simbólica, já que tudo é concebido por seu valor de mercado:

> (...) viram um caixão sob um altar elevado, onde quatro velas, chorando as suas últimas lágrimas de cera, se apinhavam ante um Cristo de latão. Entre os castiçais, o Cristo, na cruz desmesurada de pau preto, parecia pregado ali,

> inutilmente, ironicamente, havia vinte séculos. (ANDRADE, 2000, p. 207)

Certa dessacralização transtorna o discurso para nivelar em sentido as imagens do passado histórico (e sacro) a fim de torná-las paralelas ao fundo comum da condição de mercadoria que tudo atravessa.

A crise escritural, empreendida como princípio pelo primeiro discurso modernista, não visa somente a um desmonte dos signos do passado, mas a uma revisão sobre o próprio papel do escritor. Por isso, a auréola que circunda o autor, este leitor modelar da tradição, surge como sintoma da estagnação da linguagem. Percebida como artifício, a apropriação conservadora de um significado a reverberar símbolos mantenedores agora é afrontada por signos problematizadores que a própria realidade transitória oferece. Não por acaso, a escritura condenada mostra a convivência em choque entre estas formas de exprimir o atual: "Acendeu a lâmpada elétrica. Sentia-se só no seu naufrágio" (ANDRADE, 2000, p. 52). A seleção vocabular expõe nitidamente o sentido de transição, já que a "eletricidade" se conforma à metáfora corrente e consagrada (a vida como naufrágio). Percebe-se uma intenção enunciadora no sentido de produzir o choque e espalhá-lo pela escritura como sintoma de uma convivência conflitiva, geradora de impasse.

O olhar mediador do autor aproxima-se da matéria de sua poética, a fim de reconhecer o *eu* no *outro* que se espalha em fluxos de movimento: "Alma caminhava como uma pessoa ferida. Não via ninguém nas ruas populosas. Carregava um amargor de predestinada dentro do pequeno coração" (ANDRADE, 2000, p. 54). A personagem poeta não mais contempla, mas "caminha", como símbolo deteriorado (ferida). A rua, lugar onde o *outro* se espalha, estende um palco para que a heroicidade poética se destaque como diferenciação. A passagem que lhe conforma à condenação, logo depois, faz da personagem sua própria poética a contaminar o *outro*: "Alma era o apoio poético da sua desgarrada existência" (ANDRADE, 2000, p. 54). O que se intensifica levando em consideração a existência previsível de João enquanto funcionário regular do telégrafo. Sua existência ficcional singulariza-se pela poética que Alma instaura em sua figuração. Imagens que não chocam necessariamente o coração (no texto adjetivado como antigo "O antigo coração atropelou-se", p. 59), mas os olhos.

A busca pela representação mimética do atual passa pela experiência crítica das leituras, vista por Mário de Andrade como "realização da matéria afetiva" e segundo Barbosa "detectável na trilogia vaporosa de *Os condenados*" (BARBOSA, 1983, p. 103). A modernidade baudelairiana é lida pelos parnasianos "segundo uma interpretação redutora do seu 'satanismo' ao quadro de um hedonismo mais ou menos vulgarizado (...)" (CHALMERS, 1976, p. 36), o que na *Trilogia* surge acentuadamente crítica enquanto reflexão estética. O que se evidencia quando Oswald demonstra sua visão da escritura poética de Baudelaire, percebida como instante singularmente crítico em relação à crise que corta seu tempo:

> Que prodígio se fez para que Baudelaire se colocasse fora dessas colunas de fogo do Romantismo? O seu lugar é único. Ele se situa no centro da crise de um sistema mais vasto que o sistema burguês. (...) Baudelaire coloca-se no centro da crise que atingiu a burguesia farisaica, acossada pelo messianismo político de Marx. (...) o poeta chega a conclusão saída da 'necessidade do mal' (...) É a aceitação consciente do pecado contra Deus, em plenas coordenadas cristãs. (ANDRADE, 1991, p. 113-114).

Dentro desta visão compreende-se a correlação paradoxal que Oswald propõe ficcionalmente em *Os condenados*: a redenção do herói (Jorge) se dará na transposição messiânica do cristianismo para o comunismo: "Sentia-se místico. Ia aos comícios como antigamente ia à missa" (ANDRADE, 2003, p. 350).

O papel de Baudelaire é acentuado enquanto leitura da modernidade por meio da caracterização heroica do papel exercido pelo poeta: "João do Carmo compôs um livro todo de sonetos"

(ANDRADE, 2000, p. 127). A incorporação técnica surge não só como mimese do atual, mas faz da multidão a máquina vocabular da linguagem triturada: "De fora, da rua asfaltada e larga, vinha um cascatear contínuo de veículo rodando, arfar de motores, gritos, cornetas". De outra maneira, joga o olhar poético pela "linha desmesurada de alegorias rolantes", que o poeta vê no presente como fantasmagoria: "Os dois artistas caminhavam na busca inocente do maravilhoso que passava nos carros, com toaletes estranhas, evocativas de sonho, restauradoras de épocas e países" (ANDRADE, 2000, p. 238).

A busca do singular no deteriorado, aqui referência clara à simbologia da tradição, é recoberta pela falsa aparência que o tempo desmente:

> Num corte de oiro sobre o negro soalho antigo, feito pela abertura de um dedo da janela, a poeira da casa revolvida. E nas soleiras, nos buracos de rato das portas, andavam manchas quentes de luz.
>
> Fora um golpe teso no coração, um abalo geral de todos os nervos, de todas as revoltas, de todas as maldições... E lágrimas pularam, pularam... (ANDRADE, 2000, p. 60)

A solenidade discursiva convive com os elementos da visão trapeira do poeta, o que nos dá a dimensão em que oscila a escritura de *Os condenados*: as metáforas são rasgadas pela seleção vocabular que permite realçar, em meio ao estético do fraseado, o deteriorado (soalho antigo, poeira, rato, manchava). Assim, propicia ao olhar poético uma luz intermediária, parcial, frestas de caminhos que o andar percorre nos espaços da cidade, bem como nos do texto. As lágrimas, expressão corrente do sofrimento, exteriorizam-se como ação e vivência (o verbo "pularam"). O poeta alegoria seria este andar, a consciência de transitoriedade plasmada na sucessão expositiva dos elementos:

> E ele tinha partido num ímpeto de jogar cenas de dramalhão moderno como vira nos teatros.
>
> O centro esvaziou-se (...) Ia sem direção, andando, os olhos presos inconscientemente nas luzes iguais das ruas.
>
> Uma sola de botina envelhecida despregou-se, fez-lhe o acompanhamento trôpego da marcha (ANDRADE, 2000, p. 63)

A arte entra no cenário urbano como um fenômeno a ser "vivido", em que a representação toma corpo no presente, sem mediação ou distância. O centro da cidade esvazia-se como um palco em que a representação da modernidade faz do poeta um contraste frente à uniformização das "luzes iguais das ruas". Da mesma maneira, a narrativa parece acompanhar este andar trôpego, reforçado pela bota "despregada" e desigual, enquanto sintoma do moderno.

A leitura que a *Trilogia* faz de Baudelaire insurge-se como possível transgressão da norma literária. Mas, o que parece ser central neste procedimento de leitura, são os desdobramentos ficcionais reverberados no texto, como a utilização da alegoria enquanto método construtivo. O desmonte do poeta-símbolo aproxima-se da leitura que Walter Benjamin faz de Baudelaire: traçado estético do poeta-alegoria, forma crítica de uma leitura da modernidade. O choque entre estas duas visões – simbólica e alegórica – parece ser o movimento central de *Os condenados*.

Capítulo II
À lama da aura: o poeta-alegoria

BENJAMIN-BAUDELAIRE: ALEGORIA E CHOQUE

O eixo contextual de *Os condenados* e do primeiro discurso modernista trata a linguagem por meio da incorporação simbólica dos novos instrumentos oferecidos pela técnica. A diferença da *Trilogia* está no procedimento de leitura: em busca de uma crítica à tradição acaba por encontrar em Baudelaire uma forma de resposta à estagnação escritural. Porém, mais do que ler as significações temáticas do poeta francês, a escritura condenada o incorpora como funcionalidade escritural pela alegoria. Transforma a incorporação técnica em desencanto, o que potencializa uma imagem do poeta em crise. Não por acaso, o signo da condenação vincula-se ao poeta-alegoria face à mercadoria poética desvalorizada e, produtivamente, inútil.

Pode-se extrair do procedimento alegórico de construção a correlação entre duplos que percorrem o romance: "Na rua, claudicou longamente, com moleques atrás, uma carroça de reclamo de circo (...) – Foi aqui que conheci a minha desgraça e o meu amor" (ANDRADE, 2000, p. 72). Há aqui a exposição do antagonismo desgraça-amor, num cenário onde se reflete a morada poética (a rua) e elementos antagônicos incorporados paradoxalmente no enunciado. O texto expõe o passado e presente sob a mesma oscilação deteriorizante.

De outra maneira, na descrição de personagens: "(...) a boca inchada de lascívia, sentada numa seriedade de crime, os olhos fundos nas olheiras lutuosas, a carne vencida de gozo" (ANDRADE, 2000, p. 129). A personagem é caracterizada de modo exemplar, pois o que a singulariza é a morbidez de seu rosto no qual o corrompido está relacionado à falsidade e ilusão das descobertas progressistas.

O conceito comum de alegoria (*allós* = outro; *augorein* = falar) baseia-se na ideia de um discurso que quer significar outro; o desvio da palavra primeira. Comumente é vista como um "ornamento do discurso" que atua como "procedimento construtivo" de "metáfora continuada" (HANSEN, 2006, p. 7). Inicialmente podem-se destacar dois tipos de construção alegórica: a primeira, de fundo retórico, "expressão" da linguagem, utilizada pelo poeta; a segunda, de ordem interpretativa ou hermenêutica – "(...) um modo de entender e decifrar" (HANSEN, 2006, p. 8) – teologicamente justificada. A alegoria dos poetas empreende em seu discurso a criação estética, enquanto a alegoria dos teólogos baseia-se sobre os fatos bíblicos, interpretação da escritura original em que "(...) o sentido próprio das coisas comparadas é a vida eterna; a história, sua figura, o que implica circularidade e repetição" (HANSEN, 2006, p. 12).

Na *Trilogia*, vemos essas posições relativizadas na própria construção enunciadora do tempo-espaço: "(...) escutava passar nas horas imensas uma procissão de enterro sem música" (ANDRADE, 2000, p. 67). Tal perspectiva do tempo se confirma quando a dualidade efêmero-eterno articula-se sob o olhar transformador a matéria poética em morte ("enterro") do tempo ("horas"), enquanto sentença da condenação ("sem música"). A alegoria poética é utilizada como recurso que delineia metaforicamente as imagens; já o plano teológico estende um fundo de significação a partir da imagem da queda e da condenação. A correlação é acentuada na figuração da narrativa: "Que bom correrem as horas! A terra andava levando o enterro dos vivos. O enterro começava no dia do nascimento de cada um. Um dia era um passo para a morte, para a libertação" (ANDRADE, 2003, p. 99). A imagem funciona enquanto sentido de "passagem", fundamentada pelo olhar alegórico: o tempo devorador a espalhar marcas no espaço comprimido.

A alegoria, enquanto método de construção artística, é comumente desvalorizada pelos padrões clássicos de arte. Tais padrões são herdados pelo Romantismo para eleger o símbolo como valor central para a produção de suas imagens: "(...) romanticamente o símbolo é o universal no particular; a alegoria, o particular para o universal" (HANSEN, 2006, p. 17). O símbolo solidifica a expressão personalista do poeta como modelo simétrico centralizado no absoluto: "As noções românticas da arte como expressão incondicionada do artista gênio em contato fulminante com potências cósmicas (...)" (HANSEN, 2006, p. 18). Já a alegoria, "Como metáfora (...) é apenas um modo de formar entre outros, virtualidade significante (...)" (HANSEN, 2006, p. 24). O primeiro Oswald busca pela alegoria o presente debilitado, em imagens que desarticulam as descrições obliquamente, como no exemplo, o verbo ressignificado pelos adjetivos: "(...) sorriu com dois dentes na boca trevosa o amarelo calvo (...)"; de outra maneira, traz um presente lacunar que vivencia a morte como forma expressa de vida:

> (...) as humilhações que precipitavam em vontades de chorar a circulação já doente do ser convulso e magoado (...). Mas aquele homem também não valia nada, era um nojento bem vestido, como um cadáver. (ANDRADE, 2000, p. 70)

A imagem alegórica da deterioração (amarelo calvo) irá redundar no valor-mercadoria (nada), que antecipa o uniforme (cadáver). O poeta, então, não constrói o simétrico, mas a assimetria que corrói o presente.

Se no Romantismo o símbolo é o instrumento hegemônico – e por isso faz do romance um gênero representante do discurso burguês – a alegoria estabelece um desvio funcional sobre a arte: "O acontecimento, a coisa ou a personalidade histórica do passado ligam-se a outros acontecimentos, coisas e personalidades do futuro através de uma significação comum a todos" (HANSEN, 2006, p. 105). A *Trilogia* faz da condenação um signo que condiciona todos os seres textuais a viver na "lama da vida", ou seja, desmaterializa os significados para empregá-los como paradoxo:

> (...) a poesia não pode exprimir nenhuma verdade essencial, pois toda a verdade encontra-se do lado do sentido espiritual e este só existe na Bíblia, sendo desvendado pela alegoria factual. A ficção é sentido literal do figurado. (HANSEN, 2006, p. 123)

Como se vê, a linguagem humana destituída de uma finalidade primordial diz a ausência: "(...) possibilidade de outras e novas expressões e interpretações aplicadas a objetos diversos para revelar um Além – que ela só expressa, no entanto, como inexpresso e inexprimível" (HANSEN, 2006, p. 158).

Por isso, mesmo que utilizada para dizer as coisas do mundo, a alegoria carece estruturalmente de uma intenção que defina os significados lançados. Explora a linguagem para dizer a materialidade de uma forma impossível: "(...) a alegoria torna-se metaforização sistemática de uma ausência de vida que se faz mais insistente e dolorida quanto mais material e pura é a linguagem" (HANSEN, 2006, p. 206). Enquanto sistema, compreende a linguagem como tentativa. Carrega um traço oscilante que parece impulsionar a própria força de sua produção: "A alegoria é tropo de salto contínuo (...), pois funciona como transposição contínua do próprio pelo figurado" (HANSEN, 2006, p. 31). A *Trilogia* traz a consciência alegórica para a vida de seu hiato histórico-estético. Do aparente contínuo do progresso extrai um mundo estático e, assim, "metaforiza a ausência" – "Viu descer no escuro, num desequilíbrio sobre os ombros que tinha aconchegados, um mundo bruto e apagado de formas" (ANDRADE, 2000, p. 211) – paradoxalmente como construção ficcional contínua.

Historicamente, a alegoria carrega o predicado de falso discurso a redizer infinitamente a palavra original, adâmica. Na modernidade, a alegoria é refuncionalizada para se aproximar da técnica que, sob o signo do progresso, gera uma constante especulação que imobiliza papéis sociais sob a aparência da transformação. Por isso, será operada enquanto consciência crítica pelo poeta-alegoria que vê em sua auréola-linguagem uma camisa de força. É neste ponto que o emprego da alegoria em Baudelaire, lido por Benjamin, encontra-se com as imagens condensadas:

> Walter Benjamin demonstrou como Baudelaire lança mão da alegoria justamente devido a seu caráter convencional, como destruição do orgânico e extinção da aparência. Fazendo da alegoria máquina-ferramenta da modernidade e pensando-a como antídoto contra o mito, ao mesmo tempo que a incorpora como método de escrita e de crítica, Benjamin a propõe como o outro da história (...) (HANSEN, 2006, p. 19)

A leitura metafórica de Walter Benjamin sobre a lírica baudelairiana aplica-se ao romance de Oswald como máquina de metaforização a difundir alegorias pelo texto:

> A vida comprimia-se nas duas humanas caixas apaixonadas, onde se musicava o futuro triste, o passado horrível, o presente sem remédio. Um conforto, exigido mutuamente, enlaçava as duas almas aliadas, na luta contra o inexplicável, na justificação comovida dos atos, na apoteose das próprias transfigurações. (ANDRADE, 2000, p. 149)

O trecho acima evidencia um dos principais alicerces da narrativa: sua construção sustenta-se pela gestualidade. Se não contamos com uma perspectiva material sobre a palavra – o que definiria o seu sentido – avulta-se a ligação de "duas almas" sob o jogo do claro e escuro, entre o "inexplicável" e a "justificação", entre as instâncias temporais, que se absorvem na enunciação delineada alegoricamente. A voz narrativa amplifica a "transfiguração" sobre a figuração orgânica da aparência.

A escritura de *Os condenados* conduz formas distorcidas que é o próprio impulso de ação das personagens. O olhar recorta e monta, em movimento contínuo, a própria estagnação aparente da personagem "solene": "Sem pinga de sangue no rosto citronado, reconduziram-na cautelosamente para a maca horizontal. No cortejo de irmãs e enfermeiras, Jorge ia, automático, solene" (ANDRADE, 2000, p. 200). Tal movimento espalha-se pela narrativa como forma e sintoma do moderno: "Pensava na sua incapacidade invencível para as festas da terra" (ANDRADE, 2000, p. 150).

Alguns temas desenvolvidos por Benjamin nos ensaios sobre Baudelaire (2000) correlacionam-se com a interpretação que a escritura condenada faz do poeta francês. Enquanto referência escritural, dissemina-se ficcionalmente, o que produz o poeta-alegoria, isto é, a lama que a modernidade lança no brilho anterior da auréola simbólica.

Benjamin decifra o poeta francês como figura-metáfora interpretante da modernidade. Um dos conceitos mais salutares, a perda da aura na "era da reprodutibilidade técnica",[1] demarca o

---

1 Benjamin vê na arte um princípio imitativo. Porém, como expressão do Belo, percebe uma unidade

poeta na era do alto capitalismo industrial, como mercadoria. A imagem conceitual de Baudelaire[2] – o momento em que o poeta se curva para recolher sua aura lançada à lama – é o fundo no qual a palavra poética imprimi-se. A partir dela o poeta carrega a aura como uma cruz (a via-crúcis da condenação) para atravessar os caminhos estreitos, constantemente renovados.

Daí, o cerne das imagens produzidas por tal postura: o poeta não verá em tais paisagens a "novidade", mas a "repetição" do velho. O tempo não congrega o eterno aurático, porém demonstra a fragilidade do presente em que o passado e o futuro se interceptam na obscuridade da morte onipresente. O desencanto sombreia a linguagem, de modo a anunciar a ruína que preexiste a toda construção. Nesse sentido, Baudelaire recupera e Benjamin retém, como metáfora crítica, a alegoria enquanto procedimento potencial da lírica.

---

prefigurativa: a experiência. A modernidade explode tal unicidade através do advento da reprodução técnica, que "(...) substitui a existência única da obra por uma existência serial" (BENJAMIN, 1996, p. 168).

2   Pequeno poema em prosa intitulado *Perda de auréola*: "(...) minha auréola, num movimento brusco, escorregou de minha cabeça para a lama na calçada. Não tive coragem de juntá-la. (...) E depois, pensei, há males que vêm para o bem. Posso agora passear incógnito, praticar ações vis e me entregar à devassidão, como os simples mortais" (BAUDELAIRE, 2007, p. 219–221).

A *Trilogia* reitera tal consciência sobre a modernidade na apreensão cênica dos elementos da emergente tecnologia, que nada apresenta de novo, mas repetição vazia, fantasmática – a "palidez" do presente:

> E, pela avenida extensa, passavam vendedores de jornais, anunciando tragédias, bondes chiavam nos fios elétricos, recolhendo massas macambúzias de gente (...) Do alto, a noite caía numa palidez precoce de inverno. (ANDRADE, 2000, p. 117)

A multidão mantém o poeta sempre desperto ao oferecer, por meio do choque, a consciência incessante do presente.

A mecanização do processo produtivo proporciona a desestabilização da percepção sobre a unidade que a obra de arte julgava portar. Havia nesta visão a magia do objeto artístico, a dimensão do único, implícita na construção simbólica e clássica da tradição. Por isso, a técnica e a reprodutibilidade são adotadas como símbolos do progresso para o sistema da tradição e de fatalidade para o poeta baudelairiano: "O sistema se constitui baseado na identidade e exclui o que não lhe seja adequado" (KOETHE, 1978, p. 54). Esta será a arma que utilizará alegoricamente: "Tinha a consciência fatalizada dos condenados irremissíveis e monologava na sombra (...)" (ANDRADE, 2000, p. 227). O sistema de produção, ao excluir, abre um espaço: a "sombra" será o palco de diferenciação deste poeta e, também, o espaço para o monólogo da "consciência fatalizada".

Seria importante ressaltar que a teoria benjaminiana assegura tal interpretação ao propor a alegoria como estrutura crítica em face do símbolo e induz, por esta vereda, uma perspectiva transformadora do real e da visão histórica. Nesse sentido, a visão multiplicadora da alegoria concilia-se com a ideia de reprodutibilidade técnica: instrumento dessacralizador do mito, propõe uma ruptura com a origem e sua reminiscência interiorizada na obra de arte. A modernidade produz encadeamentos entre referenciais sob uma base dialética extraída do caminho desviante do duplo discursivo alegórico. O que em *Os condenados* será indicador produtivo das imagens fragmentadas da Melancolia, da ausência de transcendência no olhar quebradiço do narrador: "Num desamparo penetrante de tudo, Jorge d'Alvelos, com gestos de polichinelo quebrado, mergulhou na noite sem Deus" (ANDRADE, 2000, p. 213). A personagem Jorge, configurada como escultor, remete ao homem do trabalho artesanal, a aura do único da arte, anterior à reprodutibilidade técnica.

A referência conceitual de símbolo, exposta por Benjamin em *A origem do drama barroco alemão* (1984), redunda em sua leitura de Baudelaire e a modernidade.[3] O símbolo pode ser entendido como uma aplicação estética sobre a obra a partir do Romantismo, que o vê como uma extensão valorativa da visão clássica de obra de arte, embora reproposta por conceitos atuantes no imaginário ideológico-burguês. Para Benjamin, o Romantismo traz para o universo estético um "(...) conceito de símbolo que exceto no nome nada tem em comum com o conceito autêntico" (BENJAMIN, 1984, p. 181). Assim, "(...) numa obra de arte a 'manifestação' de uma 'ideia' é caracterizada como um 'símbolo'". Parte desta utilização obedece a uma intenção que preconiza o poeta "célebre": "(...) desse indivíduo perfeito, desse belo indivíduo, (que) coincide com o círculo 'simbólico'" (BENJAMIN, 1984, p. 182).

Benjamin vê a afirmação clássica do símbolo um modo de exclusão por "(...) denunciar a alegoria vendo nela um modo de ilustração, e não uma forma de expressão" (BENJAMIN, 1984, p. 184). Cita Creuzer como exemplo da essência do símbolo, visão partilhada pelos românticos: "(...)

---

3 A visão benjaminiana tem como proposta revelar o caráter convencional do símbolo. Uma concepção de um todo diferente da visão arquetípica de Jung ou mesmo da semiótica de Pierce. Aqui parece atender a uma "(...) oposição ao ideal de eternidade que o símbolo emana" (GAGNEBIN, 2004, p. 31), ou em termos de linguagem: "(...) a imediaticidade do símbolo corresponde a uma feliz evidência do sentido, revelação da transcendência na nossa linguagem humana, graças à inspiração do poeta" (GAGNEBIN, 2004, p. 34).

o momentâneo, o total, o insondável quanto à origem, e o necessário", o que se traduz na concisão, fundamentalmente contrária à temporalidade corrosiva da alegoria: "A medida temporal da experiência simbólica é o instante místico, no qual o símbolo recebe o sentido em seu interior oculto e por assim dizer, verdejante" (*apud* BENJAMIN, 1984, p. 181).

Para isso, Benjamin opera uma diferenciação que implica tanto a visão histórica quanto a estética:

> (...) no símbolo, com a transfiguração do declínio, o rosto metamorfoseado da natureza se revela fugazmente à luz da salvação, a alegoria mostra ao observador a *facies hippocratica* da história como protopaisagem petrificada. (BENJAMIN, 1984, p. 188)

É dessa maneira que o símbolo reveste-se de uma textura concisa pronta a transcender a mera existência vulgar. Expressa um humano simétrico, a face linear da história dos vencedores, enquanto a alegoria é a sombra melancólica do vencido.

Como mostramos, o literato do início do século XX traz como substância heroica essa face ordenadora e exemplar. A ideia de totalização de um sentido elaborado: "(...) o romantismo, em nome do infinito (da forma e da ideia) intensifica em sua crítica a força da obra de arte acabada"

(BENJAMIN, 1984, p. 198). A que a alegoria opõe--se categoricamente: "Na esfera da intenção alegórica, a imagem é fragmento, runa. Sua beleza simbólica se evapora, quando tocada pelo clarão do saber divino. O falso brilho se dissolve (...)" (BENJAMIN, 1984, p. 198).

A imersão alegórica transmuta-se do símbolo a partir de uma estrutura temporal: "O 'instante' místico se converte no 'agora' atual; o simbólico se deforma no alegórico. O eterno é separado da história da Salvação, e o que sobra é uma imagem viva, acessível a todas as retificações do artista" (BENJAMIN, 1984, p. 204). A alegoria separa-se do símbolo pela temporalidade, pela consciência do inapreensível que reveste as formas constantemente transformadas: "(...) a alegoria precisa desenvolver-se de formas sempre novas e surpreendentes. Em contraste, como perceberam os mitologistas românticos, o símbolo permanece tenazmente igual a si mesmo" (BENJAMIN, 1984, p. 205). É o que atenua a diferença central entre os dois procedimentos sobre a linguagem:

> (...) a vontade de totalização simbólica, como o humanismo a venerava na figura humana. Mas é sob a forma de fragmentos que as coisas olham o mundo, através da estrutura alegórica. (BENJAMIN, 1984, p. 208)

Na modernidade, a perda da aura desfigura a aparência que recobre o objeto artístico. O olhar não possui a distância contemplativa do Belo, pois sabe que aquilo tido como instante único e irrecuperável será reproduzido e multiplicado. O olhar, então, busca o singular, o recorte diferenciador do todo fragmentado. Por isso, no fragmento, no particular, vê-se uma sugestão da totalidade. O que será na alegoria uma forma de introduzir o choque, ao materializar a contínua mutação do tempo. Tal aproximação do olhar transforma-se em carga inventiva para as personagens condenadas: "Fora sempre um fragmentário. Em torsos quebrados, metades, estudos largados, concentrava numa predileção alegre e constante a força reveladora de sua arte. Era um criador de mutilações" (ANDRADE, 2000, p. 180). Se Jorge exterioriza na materialidade artística o fragmentado, a personagem Alma o faz, também, por meio da subjetivação do olhar: "Era a alma vária e imprevista, desencontrada e musical do bairro pobre, onde a sua vida se destroçara" (ANDRADE, 2000, p. 153).

O primeiro romance de Oswald incorpora a estrutura alegórica como espaço de variações discursivas sobre a moldura da condenação que tudo abrange emblematicamente: "Ela pode ainda ser caracterizada como uma moldura obrigatória, na qual a ação, sempre variável, penetra intermitentemente, para nela se mostrar como tema emblemático" (BENJAMIN, 1984, p. 220).

Antes de se fixarem como símbolo, as personagens disseminam-se, pulverizando possíveis faces íntegras e simétricas: "(...) E ante a beleza que ficara naquelas linhas em ruína, teve o ímpeto de cair de joelhos e suplicar misericórdia coletiva para a obra-prima mutilada" (ANDRADE, 2003, p. 227).

Nesse mesmo sentido, a utilização alegórica faz com que "(...) a linguagem se fracione, prestando-se, em seus fragmentos, a uma expressão diferente e mais intensa (...)", para reter "(...) o princípio dissociativo e pulverizador, que está na base da concepção alegórica" (BENJAMIN, 1984, p. 230). Esse é o procedimento de construção das imagens da *Trilogia*: fragmenta-se o corpo do poeta-escultor, assim como o corpo da própria linguagem:

> O escultor fora fortemente empurrado para trás (...) Numa ânsia, empurrou, varou com os ombros. (...) desdobrara-se, multiplicara-se em seis, em dez, em doze cusparadas serenas sobre a pobre honra póstuma de Jorge. (ANDRADE, 2000, p. 242)

A integridade simbólica faz das personagens exemplos de uma intenção moralizadora, conferindo um caráter exclusivo de elaboração da individualidade própria do Romantismo. Já a escritura condenada, aparentemente, planifica as personagens por meio da voz narrativa, o que parece ser um mecanismo de coletivização. Porém, lida como alegoria, adquire o sentido de constante retomada, de modo a adquirir uma singularidade figurativa: "Então, não era só sofrer? Pelo mundo, anônimas, caladas, existiam outras almas sob o peso de outras tragédias. Almas emudecidas como a sua e outras almas (...)" (ANDRADE, 2000, p. 265).

O que para Benjamin caracteriza centralmente o aspecto fragmentário da alegoria: "No contexto da alegoria, a imagem é apenas assinatura, apenas o monograma do Ser, e não o Ser em seu invólucro" (BENJAMIN, 1984, p. 236). Daí, "(...) a visão da transitoriedade das coisas e a preocupação de salvá-las para a eternidade estão entre os temas mais fortes da alegoria" (BENJAMIN, 1984, p. 246). O conceito encontra correspondência nas imagens da *Trilogia*: "Que bom correrem as horas! A terra andava levando o enterro dos vivos. O enterro começava no dia do nascimento de cada um. Um dia era um passo para a morte, para a libertação" (ANDRADE, 2003, p. 99).

Nesse sentido, veem-se as próprias personagens não exatamente como exemplo ou caricatura, mas como máscaras, cuja variação abisma dentro de seus próprios limites reconhecidos: "Tinha a máscara torturada, franzida, lavada de pranto. Alma olhava-o comovida, sorrindo" (ANDRADE, 2000, p. 204). Por isso, a interpretação benjaminiana sobre Baudelaire e a nascente modernidade torna-se não só uma constatação crítica da história, mas, sobretudo, uma aplicação dialética sobre o presente. Logo, o passado não é revelação do exemplar, mas recuperação do que se excluiu. A linguagem reluz a potencialidade do silêncio que carrega toda palavra. As máscaras transpõem-se como vozes nas personagens para reconhecer a transitoriedade. O dilaceramento é determinante, não só como ideia de tempo, mas, também, na revelação de seu impasse de significações: "Sinto um sofrimento que chega à paradoxal surpresa de ser um ser despedaçado e vago que se sobressalta e chora longe de mim" (ANDRADE, 2000, p. 288). Esse impasse se completa pela dimensão de um eu poético imerso em sua própria desconstrução, consciente de seu papel e fantasia que lhe é atribuída: "A existência nesta terra mortal é bem isso – a busca de uma coisa que está em nós e longe de nós, uma imagem ideal do nosso eu, um céu sonhado e perdido" (ANDRADE, 2000, p. 288).

A alegoria como escritura arranca das imagens suas próprias sombras fugidias: "Expressa algo diferente, o outro daquilo que representa. (...) É este Outro que a alegoria revela e esconde, vela e desvela, que Benjamin vai querer decifrar (...)" (KOETHE, 1978, p. 63). Por outro lado, ao ser recuperada como crítica, a mentalidade de mercado expõe uma identidade que "(...) pode ser substituída ou eliminada por outra. Nenhuma é significativa (...)" (KOETHE, 1978, p. 63). A incompletude significada socialmente invade o mundo dos signos e da linguagem recuperada pela voz do poeta alegórico: "Mas a vida era uma tristonha desigualdade" (ANDRADE, 2000, p. 149). Então, "(...) corresponde à consciência da perda da aura" (KOETHE, 1978, p. 107). O hiato trazido pelo mecanismo de contínua modificação do presente, sobretudo identificado na ideia de progresso, penetra a expressividade lírica de Baudelaire e sobrevive por símbolos de sua própria identidade despedaçada.

O caráter de não identidade essencial da alegoria deriva, teologicamente, da imagem adâmica: reconhecimento da essência imediata e unicidade entre Deus e os homens, interrompida pela queda. Esta desencadearia a linguagem, pois como mediação infinita do signo desfila os cacos da língua superior. Fragmentos que pulverizam o peso do sentido: "(...) a linguagem humana se perde nos meandros de uma significação infinita, pois tributária de signos arbitrários" (GAGNEBIN, 2004, p. 18). Esse sentido é retomado, constantemente, como metáfora em *Os condenados*: "Lá fora, na aridez das ruas, dos quartos humanos, das praças tristes, os homens buscavam à toa os direitos caminhos de Deus" (ANDRADE, 2000, p. 297).

Haveria não só uma oscilação entre duas possibilidades de alegoria (a do poeta e a teológica), mas uma intersecção entre elas. A própria tessitura do romance reconhece a arbitrariedade que reveste os signos emergentes. Tal constatação aproxima a escritura condenada da incorporação interpretante de seu tempo. As duas concepções tornam-se mais próximas se correlacionarmos a intermitência que se propõe entre o *Spleen* e o *Ideal* baudelairianos: a evocação de uma palavra original na lembrança de um *anterior*, contudo permeado pela *condenação* de uma busca eterna e reproposta. Tudo está submetido à destruição do tempo, o que impossibilita uma representação verdadeira para a vida humana.

Baudelaire traça em tais princípios o afastamento da mimese e a adesão à imaginação – subjetiva e pessoal – de modo a não representar um dado universal, correlato internamente à natureza, mas o artificial. Contudo, tem como propósito tocar o "(...) dilaceramento do sujeito poético, dividido entre a evocação da beleza intemporal, a conquista do novo e a obsessão do Tempo devorador e destruidor" (GAGNEBIN, 2004, p. 49). O sentido da queda potencializa a enunciação oblíqua do romance de Oswald: "Ela ia sair, serena, linda, acostumada à festa trágica da vida (...) Era o ser humano na queda abismal, sem fundo" (ANDRADE, 2000, p. 130). A linguagem materializa o enunciado: o abismo é forma significante da reiteração do hiato entre eternidade e temporalidade. A festa é trágica (duplos), como a queda infinita e reflexo imediato das horas em eterna transitividade – "que não passam":

> Andara à toa pela cidade noturna e agora deixava-se ficar ali num banco quieto da esplanada do Municipal, esperando, numa desorientação calma, que as horas passassem. E as horas custavam a passar, como a vida. (ANDRADE, 2000, p. 132)

O paradoxo que fundamenta o *Ideal* e o *Spleen* é reflexo da inserção do escritor na lógica produtiva do mercado. Reflete a temporalidade alegórica – o tempo como expositor de ruínas – na modernidade, já que o valor novidade é a sucata anunciada. A linguagem não reaviva o desejo de fusão originária, mas sim a evocação de uma harmonia perdida. Da mesma forma, as personagens da *Trilogia* são interpretantes dessa mesma condenação: "João perscrutava a desolação de seu paraíso atingido" (ANDRADE, 2000, p. 144). Em sentido próximo, o "paraíso", perdido para sempre, é a essência que se retira do mundo. O que sobra é a aparência. Assim, o tempo devorador corrompe qualquer possibilidade de beleza. A modernidade avulta como o desejo e a impossibilidade de realização, desta volta a uma origem perdida. Nesse sentido, a alegoria serve de instrumento por velar essa lembrança, desde sempre morta.

Se a aura confirma, por meio da experiência épica, um valor universal, a modernidade traz a consciência de que a única experiência a ser ensinada é a da própria impossibilidade frente a uma realidade funcional e administrada. O uso da alegoria aponta para a descontinuidade, um princípio que falseia a cronologia, como no andar tateante, ou aos saltos, dos poetas-linguagem de *Os condenados*: "E ao subir as escadas, tateante na sombra, para o quarto desbotado onde vivia, molhou de lágrimas os olhos, que tinha exageradamente abertos" (ANDRADE, 2000, p. 64). Para seguir o caminho do texto: "Na rua, junto a ele, varredores varriam folhas mortas, como destinos" (ANDRADE, 2000, p. 64). A incerteza conferida pela consciência alegórica faz com que tanto os movimentos quanto a significação do olhar encontrem-se na duplicidade que os perfazem: "tateia", não retêm, não possuem o movimento que os tornem inteiros, da mesma forma que o olhar conduz sempre à sombra. Nesta mesma linha, revela-se um olhar como consciência sempre desperta – atributo que Benjamin metaforiza em Baudelaire – já que "exageradamente abertos". O espaço do movimento poético, a rua, é invadido por folhas "mortas", aqui equivalentes a "destinos", portanto ao próprio tempo, que não mais "dura", mas imobiliza uma perspectiva transformadora, ao informar um desencanto sobre este tempo "varrido', arremessado para fora da história – o tempo dos excluídos.

A alegoria, ao adotar o duplo no discurso, instaura a visão da morte sobre a existência – não é a sucessão, mas a catástrofe única que traz a ruína para o constituído. Os objetos carregam em si toda a carga do presente ao recusarem o sentido para o mundo terreno, pois tudo é e será substituível, sujeito à ação inexorável do tempo. Seu movimento é centrífugo em relação ao objeto de representação, já que este é impossível. Contrariamente, o procedimento simbólico é usado para uma visão histórica linear e sucessiva, pois adota um movimento centrípeto em relação ao objeto que procura representar. A alegoria busca expor "o que poderia ter sido" guardado na potencialidade da promessa. A história como perda é "(...) um processo de reconstrução dessas ruínas, uma ressurreição delas: a descoberta de um dos sentidos que a alegoria pode guardar" (KOETHE, 1978, p. 70). Nesse sentido, as alegorias da *Trilogia* revestem a narrativa com a significação da ausência ao indicar a interrupção da continuidade, ou ao menos o indefinido e desbotado das cores (o pálido): "Era um cemitério, o bairro, o clube aquático e o emprego, com seres inexpressivos, inexistentes que lhe falavam (...) Os dias vinham às vezes, pálidos, encontrá-lo chorando de olhos salsos" (ANDRADE, 2000, p. 142).

Para Benjamin, a alegoria é retomada por Baudelaire para evidenciar o choque entre o desejo de eternidade e a consciência da precariedade do mundo. Dessa maneira, torna-se dialética, pois a impossibilidade de um referente final acaba por produzir condições para sentidos efêmeros. É isso que possibilita a Baudelaire uma representação do poeta enquanto mercadoria, a partir da tematização fragmentada do mundo aparente: imagens que despedaçam a arquitetura formal de um texto sonhado – a ruína prescinde todo possível. A Melancolia é a imagem potente da alegoria por ser a tradução do sentimento situado entre a promessa e a perda; cintilações de um corpo decomposto e eternamente transformado.

A procura torna-se a ação do poeta-alegoria, de modo a expressar a ruína:

> Ele caminhava sobre as ruínas do seu sonho desfeito. Todos os seus gestos eram desencontrados e pediam piedade para o alto. Oh! a ideia fixa de jogar um dramalhão definitivo – matá-la e matar-se, encher de sangue os jornais! (ANDRADE, 2000, p. 90)

Cena que se completa com o antagonismo: "E caiu ao leito antigo e duro, até o sol vir a espancar o pesadelo da terra" (ANDRADE, 2000, p. 90). Reflexo da consciência em ruínas que penetra todo sonho (ou projeção de futuro); não há céu ou transcendência, mas a palavra do presente – o jornal – adesão preenchida pelo espaço das incertezas – o "pesadelo" da terra. Nesse sentido, a própria ficção torna-se vivência virtual a ser explorada comercialmente. Assim, o andar é efetuado sobre os estilhaços e fragmentos da ideia de futuro (ou esperança) que contamina o espaço-tempo como Melancolia do presente, consciente da ausência de significações que suas ações possam ter.

A alegoria desfigura, despedaça. Mostra o equívoco do sentido de evolução da história, já que não há progresso, mas a perda de uma promessa. Ao propor a face da morte frente à ruína do que se constrói, abre uma nova perspectiva para o sentido de história: o tempo como catástrofe, num movimento incessante de degradação do instituído. Aplicada à arte, torna-se o olhar movente sobre um objeto sem passado, mas presente: "Interrogou-a empalidecido como um morto que falasse" (ANDRADE, 2000, p. 90). O símbolo permanece re-ligação, utopia realizada em outra dimensão. A alegoria nos dá um instante de incerteza e inacabamento. O poeta repisa os sentidos integradores como um "morto", tecido de palavras inconsistentes.

O assombro que recobre a multidão é enfrentado para que o "eu insaciável do não-eu" torne-se o mergulho no próprio espelho. O valor da novidade concentra em si um mecanismo de construção e destruição, pois o encanto primeiro não é sustentado, já que o velho está antevisto no novo. O que desencadeia imagens melancólicas: "Ante a inconsciência festiva do mundo, vinham sufocá-lo, em ronda, pálidas tristezas" (ANDRADE, 2000, p. 125). Pela consciência em choque e cercada, o poeta obtém a sombra vazia que se preenche como ilusão. Sabe da impossibilidade de sua lírica no palco isolado do profano, em que tudo está corrompido. Enquanto a lírica tradicional afirma-se na expressão do interior, a alegoria opera a passagem entre interior e exterior para interromper o contínuo linear. Em muitas cenas da *Trilogia* percebe-se a disposição em ruínas entre as duas instâncias:

> Alma trazia-lhe no escuro passado, no presente inquieto, minutos seculares de angústia, de humilhação e de prazer (...) o dia caminhava lá fora, festivo e calmo. Vinham de longe ruídos de pedra trabalhada, de bondes que passavam, de carroções que estouravam o calçamento. (ANDRADE, 2000, p. 164)

De modo recorrente, a imagem da multidão na modernidade materializa-se como alegoria ao repercutir na linguagem o choque. Baudelaire atua na negatividade para se opor à distância contemplativa da linguagem simbólica. O olhar é aproximado e fraciona o tempo. A multidão é um instante de choque e perda, como uma máquina que tudo recorta. Esse olhar, não sobre, mas dentro da multidão, é incorporado pelo romance de Oswald:

> Andara na multidão (...) Entrou esbarrando num negro caubói, hercúleo e risonho, que levava nos ombros uma criança linda.

> Gente cafuza espalhava-se no chão por cobertores vermelhos e pálidas esteiras, rodeando os pilares quadrados. Um pandeiro invisível batia um frêmito de asas metálicas. Uma dançarina preta, de olhos cerrados, atravancava a passagem numa roda estabelecida por um grande bombo reteso. Ao lado, um aleijado de cavanhaque sustido em muletas tinia o caracaxá.
>
> (...) passava a luxúria religiosa, esganiçando-se em bandos lúbricos, em bandos ardentes, em bandos triunfais. (ANDRADE, 2000, p. 171)

Cena da multidão que demonstra a multiplicidade de tudo "o que é vivo"; olhar-andar que faz o poeta rompê-la para adquirir a consciência desperta pelo choque. O olhar incorpora os objetos de modo fracionado para que seu andar monte uma imagem a partir de verbos que não encadeiam, mas dispõem os elementos.

Tal gesto aponta para o que Benjamin lê como interiorização em Baudelaire: o poeta desvia-se da circunstância para oferecer o cadáver que a alegoria vê de "fora", mas que, na modernidade, vê de "dentro". As imagens harmônicas são oferecidas aos pedaços; são ruínas potenciais que a História não realizou. O que desperta a consciência do poeta para "a experiência da aura desintegrada pelo choque". Assim, incorporada pela *Trilogia*:

> Desceu aos encontrões com a gente que se movia pelas ruas atravancadas de bondes e veículos (...) Mocinhas de avental branco iam e vinham (...) Jorge pensou que elas podiam ser desgraçadas um dia (...) o bairro negro fumegava com recortes sobrepostos de casas, chaminés, fábricas, gasômetros. (ANDRADE, 2000, p. 212)

Na cena o poeta esbarra, choca-se com a multidão para que seu olhar mantenha-se desperto e apreenda imagens recortadas, fragmentos potenciais para o exercício de sua poética. Como se vê, o olhar contemplativo fragmenta-se em "recortes sobrepostos", resíduos da linguagem recondicionados como produto poético. É assim que o poeta devolve o olhar para a produção que o exclui.

Nisso consiste o heroísmo de Baudelaire: viver na aparência de mercadoria, consciente dela, para assumir a condenação por ser inútil no processo produtivo. O poeta expõe-se ao mercado sob tal valor e a originalidade será sua diferenciação. Baudelaire anuncia o artista moderno e seu traço heroico: sem a auréola, abole a distância mediadora entre a arte e realidade. Não incorpora propriamente a técnica, mas lança sobre a realidade, em constante trânsito, uma oposição que, longe de ser nostálgica, estabelece a negação sistemática para que o olhar retenha a imagem poética.

Em *Os condenados* encontra-se um procedimento semelhante. O olhar abole a distância para viver o choque, como na aproximação do rosto, o cadáver da alegoria por "dentro": "E, numa mobilidade de *puzzle* imprevisto, a máscara cascateou um riso desigual aos altos e baixos de animalidade lasciva, os dentes brancos e perfeitos engastados até o fundo nas gengivas sadias" (ANDRADE, 2000, p. 143). No lugar da experiência coletiva da memória, a vivência solitária de uma consciência em choque.

MODELO BAUDELAIRE:
POETA-HERÓI DA MODERNIDADE

Benjamin lança mão de uma estratégia alegórica para extrair da poética baudelairiana imagens substancializadas do contexto histórico-social. Para isso, dispõe as figuras-forma, os produtos da sociedade industrial – os "excluídos" do linear histórico – para verter a tensão presente na escritura do poeta francês. Baudelaire incorpora em seus temas o inorgânico como forma poético-textual, constructo de sua heroicidade pelo imaginário moderno.

A *Trilogia* de Oswald de Andrade recondiciona em sua ficção, a partir do modelo Baudelaire, parte dessa interpretação sobre a modernidade industrial. O material disponibiliza tipos-emblema como parte da caracterização geral do olhar do poeta-alegoria. O narrador, pela consciência da personagem Alma, põe em desfile alguns espectros alegóricos:

> Oh! os homens! Ela conhecia-os bem! Tinha assistido, na sua crucificação, ao desfile em pêlo de todos os exemplares. Diante dela, haviam-se desbotado, numa confissão de torpezas, professores da cidade, chefes de confrarias, zeladores de hospitais, grandes nomes, representativos da moral citadina, da educação, da finança e da família. (ANDRADE, 2000, p. 110)

O "desfile" compõe a via-crúcis que ela percorre rumo ao martírio: são personagens, emblemas que têm a função de convergir enquanto etiquetas propositalmente imóveis, fantasmagorias impostas pela modernidade. O próprio narrador as caracteriza como "exemplares", mercadorias previsíveis expostas no balcão do mundo-imaginário da modernidade construída na enunciação. O que se confirma posteriormente na ideia de "drama diário" - "Era um drama diário e obscuro, com sangue vazado e lágrimas rolando" (ANDRADE, 2000, p. 111) - ininterrupto em que são tecidas variações em torno do movimento vazio de significação - rolando, como um abismo profuso, paradoxalmente sempre-igual. Lógica do mercado, rótulos desprovidos de significação transcendente, como peças funcionais para a produção do imaginário moderno.

Baudelaire está, de certa forma, ligado aos propósitos da boêmia. Retira dela a atividade oscilante, dependente do acaso, cuja finalidade é organizar a conspiração, livre da filiação política, atrás dos efeitos que possam surtir. Daí a apropriação da "metafísica do provocador". Em *Os condenados* a boêmia está presente em circunstância semelhante, de modo a filiá-la ao cenário de estagnação que atravessa o período do qual será parte integrante e mero efeito circunstancial: "(...) os demais boêmios imprecisos, revoltados à toa, todos sob o incubo de maldições e desastres" (ANDRADE, 2000, p. 294). Muitos exemplos espalham-se pelo texto: na primeira parte, são os amigos de João do Carmo, assim como na segunda, os amigos de Jorge. Na terceira parte do romance, haverá uma posição crítica da consciência da personagem em relação à boemia. Posteriormente, a narrativa expõe exemplos de alienação frente ao ideal socialista do protagonista Jorge. Sintoma que se espalhará pela própria consciência boêmia: "Ante as modelagens, pararam na elevação religiosa dos compreendidos" (ANDRADE, 2000, p. 294).

Também o trapeiro será núcleo de identificação. Dono de um trabalho intermediário, enquanto "ancestral dos deserdados", recolhe o lixo que a indústria devolve como inútil e o rearticula para o mercado da arte. O poeta adota tal figura como compreensão de sua própria produção de desperdício. Para isso, o *flâneur* será outra face a ser incorporada pelo próprio sentido contestatório de sua função: "Ocioso, caminha como uma personalidade, protestando assim contra a divisão do trabalho que transforma as pessoas em especialistas" (BENJAMIN, 2000, p. 50). Denuncia a vivência em que "Cada um deles se encontrava, num protesto mais ou menos surdo contra a sociedade, diante de um amanhã mais ou menos precário" (BENJAMIN, 2000, p. 17). Desta forma, o poeta sem herança, afastado da popularidade consagrada dos que sustentam uma auréola por convenção, transforma sua ausência em utilidade mercantil: reopera o lixo ao operar o inorgânico. Baudelaire identifica-se com as coisas corrompidas e danificadas e as utiliza como tema: aquilo que é expelido do processo de produção para formar seu próprio corpo-texto.

Alguns temas configuram-se como emblemas desse discurso permeado de negatividade. O suicídio, por exemplo, deixa o plano da renúncia romântica para transformar-se em "paixão heroica": nega o valor-trabalho exigido pela modernidade para afirmar o gesto que devolve a propriedade da vida ao domínio do corpo:

> As resistências que a modernidade opõe ao impulso produtivo natural ao homem são desproporcionais às forças humanas (...) A modernidade deve manter-se sob o signo do suicídio, selo de uma vontade heroica

(...) Esse suicídio não é renúncia, mas vontade heroica. (BENJAMIN, 2000, p. 75)

Essa temática será explorada pela *Trilogia* como "vontade heroica" em certas personagens. João do Carmo, por exemplo, na primeira parte:

> Como? A molhada noite de relâmpagos apagados num instante... e a cidade armada em capela mortuária, com as carroças nos viadutos...
> O labirinto de Creta só tinha uma saída, só uma porta. E, na desvairada Pauliceia, as carroças rodando nos viadutos, silhuetados em aço pelos relâmpagos curtos...
> Silêncio! Um homem vai morrer, voluntariamente, vitoriosamente...
> E as carroças nos viadutos...
> Lá embaixo, um gato humano miou esfrangalhado.
> Os embuçados que passam nas pontes a essas horas espiaram.
> Um relâmpago silhuetou em aço o viaduto e o suicida estendido e calado. (ANDRADE, 2000, p. 154)

A imagem recorta todas as cenas fixas do percurso do herói para emoldurar-se, sinteticamente, no ato suicida. A presentificação da ideia de morte projeta-se no céu, paraíso final e inicial. As vozes da natureza primitiva gritam ao poeta e este, como golpe final, faz do silêncio a palavra definitiva. Do mesmo modo, tema recolhido por Jorge d'Alvelos, na segunda parte:

> – Bruto destino! Ruídos surdos dentro da alma! São os últimos desaterros que estrondam... Mas por que me doem tanto os olhos? Parece que querem sair fora das órbitas...(...) O pierrô preto subiu tateando as escadas. Entrou no atelier, riscando um fósforo. (...) Não temia o fantasma escorregadio que não ousava enfrentá-lo senão nos momentos de via-sacra voluntária, pelo calvário que Deus lhe instruía. (...) perdido nas suas lucubrações de predestinado, ou então na fatalidade de uma súbita paragem do estafado maquinário interior. Morreria, devia morrer... (ANDRADE, 2000, p. 246-247)

Vê-se na caracterização heroica do suicídio a tendência para inserir, na descrição, elementos da técnica (o aço, o maquinário, viadutos etc.) que se refletem nas personagens como forma destrutiva e de negação do progresso. Dessa maneira, o suicídio traz veladamente a intenção do "último choque", momento de triunfo para a aquisição da autonomia poética: "Passou a esperar, diante de seus gestos incoerentes, com uma serenidade de suicida, que o destino o rebentasse num último choque" (ANDRADE, 2000, p. 152). O destino justifica a heroicidade do ato, a desintegração do corpo como forma de protesto à submissão produtiva.

A poética quebra o contrato social para "catar" pelas ruas o periférico, o deteriorado, aquilo sem significação social, o indigente. Como a lésbica, força que se impõe sexualmente improdutiva; ou a prostituta, identificação corpórea desta linguagem que humaniza a mercadoria – o olhar acuado e atento, na luta do viver-presente: "(...) é a vida da fera espreitando a presa e simultaneamente acautelando-se (Assim também a prostituta, espiando os transeuntes e, ao mesmo tempo, vigilante devido à polícia (...))" (BENJAMIN, 2000, p. 142).

A prostituta recebe a consagração heroica e sacra de renovação, integrada nos condenados oswaldianos:

> Era o seu drama aquele, o drama obscuro de Maria em Jerusalém, de que as gentes da terra, numa condenação de remorsos, fixada num calendário implacável, renovavam o angustiado mistério por noites extáticas de lua. (ANDRADE, 2000, p. 139)

De outra maneira, a heroicidade exercida pela mercadoria santificada, o que em Benjamin será a interpretação de uma possível "humanização da mercadoria": "Oh! Se fosse possível tê-la afinal só para ele, mesmo assim, prostituída, desmoralizada, vendida à cidade... (...) era santa, era santa, era santa!" (ANDRADE, 2000, p. 88). A identificação do poeta com a prostituta é a transferência do olhar anterior do *flâneur*: não mais contempla, mas como mercadoria, busca o comprador; "a santa prostituição da alma", conforme Baudelaire (*apud* Benjamin, 2000, p. 53).

Na verdade, o poeta ao incorporar o deteriorado, fragmenta-se em vários papéis. Seu próprio discurso alegórico lhe impõe sombras interpretantes: a modernidade o condena à eterna ociosidade, o que denuncia sua inutilidade e fatalidade. O papel vago faz com que se desloque para o anonimato, para o *outro* que a sociedade exclui:

> Como não possuía nenhuma convicção, estava sempre assumindo novos personagens. Flâneur, apache, dândi e trapeiro, não passavam de papéis entre outros. Pois o herói moderno não é herói – apenas representa o papel de herói. A modernidade heroica se revela como uma tragédia onde o papel do herói está disponível. (BENJAMIN, 2000, p. 94)

A escritura condenada deposita na voz das personagens essa consciência, como ocorre no diálogo entre Jorge e Alma:

> – Fiz-te passar pela coisa mais bela da vida... – exclamou ela.
> – Por quê?
> – Pela desgraça (...)

- Que lindo teatro!(...)
- Representamos bem hoje. Toca para frente o nosso carro de ciganos! (ANDRADE, 2000, p. 176)

Será esta a singularidade heroica que podem obter: a consciência do papel a ser representado, o que se opõe à autenticidade consagrada do poeta-símbolo. Assim, o artista moderno herda uma tarefa heroica: sua missão é dar forma à modernidade. Para isso, utiliza as várias faces dos produtos segregados (proletário, dândi, suicida etc), como *falsa épica*: "(...) como se todos os elementos pudessem encadear-se uns aos outros no fluxo sem obstáculos da história universal" (GAGNEBIN, 2004, p. 98). Maquia-se ao afirmar a ausência do Belo a partir da denúncia da aparência.

O transitório revela-se nas personagens como forma caracterizadora de seu papel:

> Sem Alma, ficava como se estivesse incompleto, provisório, desarmônico, partido pelo meio. (...) Pretendia apenas recobri-la, onde ela se santificasse num sudário, os braços para o céu inútil, deixando adivinhar o corpo no martírio dos últimos dias. O rosto gelava: era a morte (...) Mas ao consolo trazido pelas reflexões vitalistas, foi-se sucedendo mansamente uma grande sombra de tristeza. (ANDRADE, 2000, p. 216)

A personagem Jorge traz mais nitidamente sua fragmentação para materializar a Melancolia do presente. Na sombra recolhe a incapacidade de realizações do passado, na simbologia da transcendência "inútil" e daí a intenção fragmentária das personagens, que destituem a forma simbólica precedente. Na verdade, denuncia-se o eterno trânsito do mundo da mercadoria, já que nada permanece, nem mesmo a condição antes intocável do poeta. Por isso, "Baudelaire era obrigado a reivindicar a dignidade do poeta numa sociedade que já não tinha nenhuma espécie de dignidade a conceder" (BENJAMIN, 2000, p. 159). Seu valor estará no desvio do condicionado, na incompletude que o re-significa como diferenciação.

Baudelaire incorpora a matéria morta, posta fora de circulação. As imagens formam a linguagem do dizer corrompido e danificado, transformado em encantamento. O herói surge como o despossuído que somente tem a: "(…) consciência da fragilidade dessa existência. Ela faz da necessidade uma virtude e nisso mostra a estrutura que, em todas as partes, é característica da concepção de herói de Baudelaire" (BENJAMIN, 2000, p. 70). Na mesma direção, a ação do trapeiro faz-se pela linguagem que recorre ao lixo social para construir a afirmação heroica por meio da apreensão recortada, mutilada. O corpo do lixo recondicionado torna-se sua própria imagem decomposta, desfigurada da aparência anterior:

> Os poetas encontram o lixo da sociedade nas ruas e no próprio lixo seu assunto heroico. Com isso, no tipo ilustre do poeta aparece a copia de um tipo vulgar (...) Trapeiro ou poeta – a escória diz respeito a ambos; o andar abrupto de Baudelaire é o passo do poeta que erra pela cidade à cata de rimas; deve ser também o passo do trapeiro que, a todo instante, se detém no caminho para recolher o lixo em que tropeça. (BENJAMIN, 2000, p. 78-79)

Tal concepção reflete-se na *Trilogia* pela exposição dual que deteriora e orienta as personagens: "João quis saber, numa volúpia de calvários (...) Ele obcecava-se pelos ambientes prostituídos" (ANDRADE, 2000, p. 122). A personagem sustenta-se no degradante que converge para a Melancolia – o que lhe confere prazer, numa possível justificativa sobre o deteriorado da condição de mercadoria.

Negado o progresso, as ruínas da memória correspondem-se com as do presente pelo signo da morte, que corrói de antemão o que está se erguendo. O desencanto do mundo traduz-se na consistência da verdade que se perdeu, dos traços modelares que faziam do poeta exemplo. Daí deriva o seu andar titubeante e cambaleante frente às noticias de jornal como um emblema, uma memória da dignidade perdida: "Foi por travessas desertas tropeçando" (ANDRADE, 2000, p. 244). Mercadoria que não consegue mais seduzir enquanto imagem sagrada, afinal, é substituível:

> (...) tinha em si algo do ator que deve representar o papel do 'poeta' diante de uma plateia e de uma sociedade que já não precisa do autêntico poeta e que só lhe dava, ainda, espaço como ator. (BENJAMIN, 2000, p. 156)

O poeta volta-se para a alegoria enquanto discurso daqueles que nada têm a afirmar, nem a dizer enquanto exemplo, mas apenas a contradizer e pôr em questão. Para isso, destrói contextos orgânicos e aparências harmoniosas:

> A madrugada surpreendeu-a, misteriosa, num jardim de chorões. Ficou parada na ponte abaulada, sobre o lago sujo da Praça da República. De repente gritou. Um vagabundo que bebia água na concha das mãos, entre pedras, ergueu a cabeça apreensiva. Perceberam-se num mútuo receio. E partiram em direção oposta, pela noite. (ANDRADE, 2000, p. 80)

A cena acima demonstra o choque (grito) que a personagem exterioriza como identificação com o deteriorado. Na verdade, o que parece ser o estranhamento, construído por oposições, fundamenta a noção de ruína que constrói o enunciado: apesar dos caminhos opostos, o encontro será uma fatalidade na uniformização mercadológica.

Tal procedimento de apreensão e trabalho com a linguagem faz de sua autoimagem diferença: "Baudelaire conformou sua imagem de artista a uma imagem de herói (...) desde o primeiro momento surge diante do público com um código próprio, com preceitos e tabus próprios" (BENJAMIN, 2000, p. 67). O poeta seria herói por conseguir superar os obstáculos traçados pela sociedade que o renega e lhe é indiferente. Dessa forma, torna-se a ruína da própria escritura poética:

> Precisava emprestar dinheiro a Carlos Bairão para pagar as despesas ocasionadas pela morte de Alma. (...) E ante a beleza que ficara naquelas linhas em ruína, teve o ímpeto de cair de joelhos e suplicar misericórdia coletiva para a obra-prima mutilada. (ANDRADE, 2000, p. 228)

Sai em combate atrás de sua presa poética, alquebra-se na multidão, investe contra a significação estável das coisas para ele que adquiram a vivência do agora:

> O herói é o verdadeiro objeto da modernidade. Isso significa que, para viver a modernidade, é preciso uma constituição heroica (...) Transfiguram a paixão e o poder

decisório; já o romantismo glorifica a renúncia e a entrega. (BENJAMIN, 2000, p. 73)

Em *Os condenados* a imagem de Benjamin substancializa-se na *sombra*: "Tinha a consciência fatalizada dos condenados irremissíveis (...) entretanto, tua vida poderia ser boa. (...) Vê como ficou tudo cinza...". O que em seguida se torna criação alegórica: "Faria *O limbo* – um quadro gigantesco de aspirações contrariadas, de desejos inviáveis, de cóleras mortas no nascedouro, abortos de pensamento, de vida, de ação, de poesia" (ANDRADE, 2000, p. 228). Os elementos informam as características dessa heroicidade: a obra mutilada em convívio com uma consciência fatalizada que é o reflexo do próprio artista.

Por isso, o poeta abandona a torre e lança-se à multidão pelo enfrentamento – imagem primorosa do fragmentado: a massa uniforme exteriormente, mas múltipla e viva, internamente. Essa forma múltipla do movimento é incorporada ao discurso poético: "Desenvolve formas de reagir convenientes ao ritmo da cidade grande. Capta as coisas em pleno voo, podendo assim imaginar-se próximo ao artista" (BENJAMIN, 2000, p. 38). Diferentemente do *flâneur*, que percorre com olhar panorâmico a multidão, o poeta-alegoria retém o tempo no andar:

> E o escultor incorporando insensivelmente ao batuque coletivo, na mesma

marcha automática de cem mil pessoas andando, na zanzarra desencontrada, informe e constante, foi pensando. (ANDRADE, 2000, p. 236)

O andar é constantemente retomado para culminar no "nunca mais" como ápice do encontro, choque entre o que surge inesperado e uma despedida para sempre: "E pôs-se de novo a caminhar (...) Jorge, num súbito tumulto de rua, dera um encontrão numa mocinha de cabelos fartos e desfizera-se nervosamente em desculpas" (ANDRADE, 2000, p. 245). Ao mesmo tempo, recorta a unidade contemplativa pelo olhar que entrevê: "(...) é a multidão de fantasmas das palavras, dos fragmentos, dos inícios de versos com que o poeta, nas ruas abandonadas, trava o combate pela presa poética" (BENJAMIN, 2000, p. 113). Ao penetrar na multidão, encontra o que contradiz a aparente uniformidade; daí recolhe recortes singulares para continuar a carregar a sua aura desintegrada, em luzes sombreadas: "Foi aos encontrões (...) Num clarão de fachos, entreviam-se na distância confusas alegorias. O povo coalhava-se nas calçadas: famílias defendendo crianças, mulatas gordas contendo negrinhos espevitados" (ANDRADE, 2000, p. 241). A narrativa, ao propor o choque como forma para os instantes de um tempo paralisado, instaura o gesto melancólico a partir da vivência do hiato que lhe traz a perspectiva alegórica.

Em processo inverso à revelação simbólica, Baudelaire opera a linguagem no instante único e brutal do choque – a apreensão imediata e fugidia das imagens multiplicadas do real. É a condição do presente trazido para o corpo da escritura: "(...) a emancipação com respeito às vivências. A produção poética de Baudelaire está associada a uma missão. Ele entreviu espaços vazios nos quais inseriu sua poesia" (BENJAMIN, 2000, p. 110).

Por isso, fundamenta o olhar poético o desejo de redizer uma harmonia corrompida pela temporalidade destruidora. A própria conjuntura que o alto capitalismo impõe como método de organização social sobreleva essa visão do tempo por meio de um recondicionamento ininterrupto. A intenção alegórica, que vê na vida a "produção do cadáver", é análoga a essa estrutura, no seu maquiar constante de renovação da mercadoria. Assim, expõe um homem disperso na experiência de sua identidade pela incorporação constante de modelos renovados em aparência. Na *Trilogia*, o enunciado expõe o falso brilho da novidade como o espalhar de sombras:

> A sala sussurrante caía em sombra. A enfermeira da noite veio (...) acender as luzes centrais que espalharam dos abajures de vidro, sobre os leitos inquietos, uma claridade ofensiva. Apagaram-na depois,

para deixar somente ao fundo uma lâmpada pressaga. (ANDRADE, 2000, p. 201)

O poeta alegórico vê, nessa intenção, a falta de consistência no interior das substâncias, o que sua ação-linguagem transforma: "A alegoria em Baudelaire traz, ao contrário da barroca, as marcas da cólera, indispensável para invadir esse mundo e arruinar suas criações harmônicas" (BENJAMIN, 2000, p. 164). Opera o olhar em aproximação para desfuncionalizar os elementos da imagem: "Vinham do interior da casa risos macabros (...) O relogiozinho pulsava, regular, impressionante, como uma voz de outro mundo. A noite andava lá fora de muletas" (ANDRADE, 2000, p. 98). No trecho observa-se esse método de construção alegórica, em que o riso é adjetivado opositivamente. Da mesma maneira, o relógio, objeto implacável, anunciador constante e regular da morte, irá culminar na personificação do danificado no "andar" da noite, de modo que os objetos da paisagem, como a cidade e a multidão, conformem-se ao olhar alegórico da construção enunciativa.

A alegoria é resgatada para ser funcionalmente a inquietação, o desmontar de imagens orgânicas e harmônicas, construtoras dos símbolos da circunstância social. Arranca as coisas de seu contexto habitual e expõe o objeto em sua excentricidade. Seu próprio fazer poético será uma apropriação do signo mercadoria:

como uma fábrica de imagens, dispõe no espaço outrora sagrado do livro um desfile de efêmeras estampas sociais.

Na *Trilogia*: "O cáften vinha, risonho, pálido das noitadas. Ela dava-lhe tudo – a vida e a lama (...) e o dinheiro, o dinheiro à beça que lhe punha uma auréola de super-humanidade entre os seus irmãos aduncos da seita (...)". Ou, no desvio, próprio da alegoria:

> (...) o repulsivo gozador morto das migalhas da existência e das sobras do amor, o burguês do dinheiro (...) posto de balandrau na cômica procissão trágica dos gozos da terra, foi formando em Alma um desvio de dolorido cinismo. (ANDRADE, 2000, p. 69)

As personagens, por meio da voz narrativa, demonstram a consciência de mercadoria que recobre e nivela todas elas – o que, também, as atira na "lama", imagem do progresso enquanto ato de transformação contínuo e solo indefinível que os trapeiros exploram.

Baudelaire "reutiliza" a alegoria como forma de seccionar o tempo e retirar do objeto destruído o estranho de suas formas diaceradas. Contra o mito, impõe o fragmento, já que não vê o novo, mas o igual que atravessa toda a existência. Nesse sentido, busca, heroicamente, humanizar a mercadoria, dar-lhe um traço que a singularize contra a uniformidade exterior do orgânico: "O empreendimento de Baudelaire foi o de trazer à luz, na mercadoria, a aura que lhe é própria. Procurou, de maneira heroica, humanizar a mercadoria" (BENJAMIN, 2000, p. 164). Na escritura condenada, o valor da existência está submetido à metaforização da mercadoria. Em alguns trechos, a máscara alegórica é molde para a consciência transitória das personagens: "A existência era isso: uma torturada quermesse... Barracas ao vento, bandeiras, muitas bandeiras e a charanga do fonógrafo de goela monstruosa na sala escura, encerada e vasta (...)"; já o escorregadio será interrompido pela forma significadora do controle social: "O relógio antigo marcou a hora em seis badaladas metálicas, regulares, intérminas (ANDRADE, 2000, p. 56).

A metáfora da existência aproxima-se da alegoria pela ideia de movimento. O objeto apresenta-se em forma de abismo ("monstruosa", "vasta"), de duplicação lançada à "sombra". Imprime pela figura do relógio o tempo em sua marcação "regular", contínua e implacável. O objeto é operado pela máquina enunciadora: aproxima, corta, acelera a existência indefinível dentro de uma pragmática que exige a repetição e regularidade, o que gera a duplicidade solidificada pela enunciação.

Nesse sentido, o signo do Progresso representa um núcleo limitado de atuações, um sistema que controla por completo as ações produzidas.

Não há soberania possível, mas uma aparência a ser mantida e constantemente restaurada por pequenas variações. Esta é a ruptura proposta por Baudelaire ao deslocar a tradição, o passado que resplandece em símbolos constituídos, para viver o presente da linguagem, as configurações imagéticas que surgem por meio do choque, que tudo secciona de sorte a colocar em questão o médio e retirar dele o atípico como substância poética.

O movimento da poética baudelairiana é incorporado pela escritura condenada como andar na multidão; o passo titubeante (o impasse) que, a todo instante, retém o movimento como forma significante da linguagem:

> O pierrô preto que tinha a cabeça cor-de--luar, pulando de um tufo rubro de gaze e rodelas vermelhas de botões parou. (...) Voltou. Andou em tropelias, em súbitas quietudes. Foi por travessas desertas tropeçando. (ANDRADE, 2000, p. 243-244)

Essa é a forma seccionada do tempo alegórico, tateante do espaço, imprevista, de modo a confrontar-se com a repetição rigorosa da máquina. Neste caminhar trôpego e neste olhar enviesado, o poeta busca reter a cena e transformá--la em imagens da modernidade.

Tal é o que ocorre no fragmento abaixo, no qual a sacralidade de Cristo é corrompida pela *dancing*; a igreja tem sua fachada poluída pela mendiga que profana o chão sagrado; tudo isso em convívio com os signos mais salutares do progresso: as fábricas, o bonde, a eletricidade:

> As fábricas anunciavam o fim da noite,
> um apito espevitava-se no azul ferrete,
> passavam os primeiros bondes acesos,
> uma velha mendiga vomitava de fome,
> sentada à soleira de uma igreja escura.
> Cometas do quartel acordavam a cidade.
>
> E Cristo subia do teto do *dancing*, alto, espectral, para o ninho das auroras. (ANDRADE, 2000, p. 294)

A cena demonstra a integração entre as vozes urbanas (a máquina e a técnica) e as sagradas. A comparação funde a precariedade temporal, inerente à criatura (igreja – mendiga), com a própria destituição da imagem sacra frente à condição de mercadoria (Cristo – *dancing*).

O caminhar errante do poeta é instaurado no discurso de *Os condenados*, o que faz de sua própria linguagem materialização desse andar que tropeça e esbarra em sua própria matéria poética: "Voltou. Refez o caminho andado. (...) Não tornaria mais. Alcançou as ruas populosas. Estava perto do Jardim" (ANDRADE, 2000, p. 97). O andar poético aproxima-se dos principais postulados de Baudelaire: o choque, o enfrentamento da multidão.

O poeta-alegoria sai à caça de imagens na rua para negar a existência burguesa. Também, sua linguagem nega sistematicamente a composição normativa ao estabelecer novas correlações imagéticas, pautadas pela exposição dos elementos em choque. Dessa maneira, a linguagem alegórica mostra a duplicidade do presente, a busca daquilo que escapa, o que na modernidade se converte em fantasmagorias: "E compreendeu como havia gente que falava sozinha pelas ruas e gesticulava à toa, andando" (ANDRADE, 2000, p. 217).

A leitura de Benjamin sobre Baudelaire sugere uma noção de modernidade que *Os condenados* busca conformar: a ideia de uma escritura que vê na alegoria a possibilidade de tradução da via-crúcis do poeta-mercadoria na sociedade industrial.

Capítulo III
Modernidade, impasse e ficção

LEITURA DA MODERNIDADE:
A VOZ NARRATIVA E O MODELO BAUDELAIRE

A voz narrativa dispõe do espectro autoral como prefiguração da construção textual. Em certa medida, o Eu narrativo faz das personagens e vozes que recortam a *Trilogia* espelhamento de sua própria voz. Apropria-se da figura poética de Baudelaire para montar um quadro ficcional que simule a modernidade. O próprio título coletivo do romance sugere tal modulação. Apesar de a autoridade autoral dominar o sentido da voz narrativa, o que se vê é o impasse construtivo, em que este Eu toma várias formas, de maneira a corresponder à imagem do poeta-alegoria baudelairiano.

Essa voz única, porém, não é capaz de reproduzir-se uniformemente ou seguir um caminho de épica, de convergência ao centro, mas se espalha em ações gestuais que geram estilhaços. Dessa forma, a narrativa toma como pressuposto a descontinuidade, já verificada pela utilização da alegoria, como forma de ruptura com o gênero romance consagrado pela escrita burguesa.

A *Trilogia* visa empreender, então, um painel social abrangente, justificado na ideia de condenação que perpassa o enredo e a própria tessitura da linguagem. O motivo parte, a princípio, do texto bíblico: a vida como condenação após a queda e o exílio, lugar onde se desenvolverá, por ações exemplares, o ciclo de vida–morte das personagens e da própria voz narrativa. Por outro lado, a modernidade é vista pelo poeta, tal como em Baudelaire, do ponto de vista da *condenação*, tendo por pressupostos a uniformização de comportamentos e procedimentos, presentes na ideia de mercadoria. É daí que surgem os principais predicados para o papel de herói a ser representado. A condenação é, também, metáfora da própria linguagem: o homem condenado à mediação infinita, o que se confirma ainda mais graças à utilização da alegoria.

De um modo geral, percebe-se pelo título uma busca por expressar a própria representação do tempo que, historicamente, dá-se na transferência da perspectiva romântico–burguesa sobre o amor para o ritmo reformista do progresso. Como atesta Roger Bastide:

> É o fim de uma certa concepção de amor, e o ponto final de uma época que começou com Machado de Assis. Machado é a introdução do amor romântico no interior da família burguesa brasileira; Oswald é a

> decomposição desse romantismo amoroso. (BASTIDE, 1941)

Paradoxalmente, o título, mais do que expressar a uniformização, visa endereçar-se para a vigorosa visão progressista, o Outro da história, e é daí que os condenados ficcionais podem se coletivizar, exprimindo-se como ausência, fragmentos deteriorados de significação: "E de sua dor ver nascerem milhares de dores anônimas..." (ANDRADE, 2000, p. 292). Tal postura atingirá a consciência das personagens como perda do paraíso: "O crime? O próprio Mauro talvez ignorasse as conseqüências da queda. Era inocente. Todos eram inocentes e cúmplices" (ANDRADE, 2000, p. 214). É esse sentido da queda que percorre todo o romance como insuficiência de sentido trazida pela vivência do presente. A visão da condenação denota não só uma perspectiva religiosa do destino, mas também um significado estético, já que o exilado do tempo é o poeta, antes portador da palavra consagrada e que, agora, vê-se submetido às forças que o excluem dessa aura perdida.

O subtítulo *Trilogia do exílio* expõe assumidamente os excluídos, além da referência ao pecado original numa apropriação baudelairiana. Esse sentido estará inscrito na escritura condenada como forma de crítica ao progresso, já que não há progresso verdadeiro, na medida em que o conhecimento humano estará sempre subjugado ao destino e à fatalidade da morte: "Ela sabia que não se pode parar com a mão a roda gigante do destino" (ANDRADE, 2000, p. 105). O destino é a presença que recorta a enunciação com uma miríade de imagens que antecipam a condenação sobre aquilo que se movimenta pelo texto, de modo a interromper o fluxo linear. Por isso, o exílio é o espaço de uma existência em suspenso, já que: "Era isso mesmo a vida humana – uma série de quedas físicas e de provações morais, em torno de uma grave e íntima ascensão" (ANDRADE, 2000, p. 282).

Como alegoria, a condenação traça para o poeta um embate com sombras e duplos, que se multiplicam em ações heroicas: "Jorge d'Alvelos sentou-se entre uma mocinha de luto e um mendigo" (ANDRADE, 2000, p. 283). Tem-se ao lado do herói o luto, máscara da perda contínua, como a própria visão sobre o tempo; também há aí o condenado social, portador da degradação que tudo diferencia. No espaço do texto eles confluem em direção à uniformização condenatória, o comum a todos, ou a um caminho que presume a via-crúcis: "Na via-crúcis do melancólico as alegorias são as estações" (BENJAMIN, 2000, p. 157). Dessas estações, os condenados de Oswald destacam suas passagens. Ora sob a heroicidade do suicídio convertido em moldura cadavérica – a morte na vida – "E fatalizado, imóvel, olhou a mão (...) Parecia de cera e de pano – mão de cadáver, mão de suicida"

(ANDRADE, 2000, p. 248), ora como substancialização da "sombra", dos excluídos em uma possível redenção apoteótica: "(...) do outro, num desabafo de vitória, todos os crucificados da terra" (ANDRADE, 2000, p. 266). As epígrafes, que abrem as três partes da narrativa, prefiguram as estações das personagens condenadas.

As epígrafes exercem função estrutural. Por meio de metáforas bíblicas anunciam as ações do enredo. Na primeira parte (*Alma*), vê-se o recorte da *Gênese* bíblica, que promulga a queda que estruturará o enredo: "Expulsou Adão. E colocou ante o paraíso das delícias um Anjo com uma espada de fogo, para quer guardasse o caminho da árvore da vida" (ANDRADE, 2000, p. 48). Na verdade, expõe pela metáfora do "guardião do caminho" a fatalidade instaurada no percurso das personagens: condenadas à duplicidade, que exibe entre o corpo e a sombra, o verdadeiro e o falso. Percebe-se na protagonista Alma a oscilação entre João e Mauro, como forma de revelar a "alma" que reveste o papel da prostituta. Vê-se aí uma "concepção religiosa do bem e do mal" com "uma nitidez quase maniqueísta" (CANDIDO, 1945, p. 39), o que, por outra via, se traduz no impasse de significação que a alegoria espalha como ruína.

A segunda parte (*A estrela do absinto*) acompanha o andar do escultor Jorge d'Alvelos sob a epígrafe do livro bíblico *Apocalipse de S. João*. O trecho alude à queda de uma "estrela" na "terceira parte dos rios e nas fontes das águas"; daí surge a "estrela do absinto" que acarreta a morte e o amargor a "muitos homens". O trecho aponta o percurso das personagens: predomina nesta parte "a 'revelação de coisas passadas presentes e futuras', contaminadas pelo amargor do absinto" (ANDRADE, 1991, p. 6). Vê-se no enredo a experiência de Jorge com o álcool e, na mesma medida, com a multidão. Mais do que citar o trecho bíblico como incorporação moral, o texto parece apropriar-se de mais um dos temas de Baudelaire, que diz:

> O poeta goza o inigualável privilégio de poder ser, conforme queira, ele mesmo ou qualquer outro. Como almas errantes que buscam um corpo, penetra, quando lhe é apraz, a personagem de qualquer um. (*apud* BENJAMIN, 2000, p. 52)

Aqui se tem o desdobrar da personagem nas mutilações que cria, intensificada pela presença da multidão: "(...) é a própria essência da ebriedade à qual se abandona o flâneur na multidão" (BENJAMIN, 2000, p. 52). Tal ebriedade repercute no romance como alterações vislumbradas pelo olhar fragmentário e a consciência imagética:

> E ficou ali, no divã, a pensar no pequeno cemitério que guardava na alma, sagrado, invilável à torrente da vida. A amante morta jazia no fundo subterrâneo de seu ser, no inacessível fundo – imortal, perene

> companheira para noites de solidão, para as horas amargas. (...) a miséria fisiológica, um apodrecimento disfarçado de células, a lutar contra o inexorável caminho que as havia de desagregar em sebos pestosos e gases e liquefações e pó no escuro de um jazigo.
>
> (...) a sugestão teológica de que o corpo, como a semente, precisa apodrecer na terra para florir e frutificar. (ANDRADE, 2000, p. 222)

A terceira parte (*A escada*) apoia-se na ideia de utopia, futuro gerado no presente, que no texto bíblico parte da metáfora da purificação: "Então ele viu em sonho uma escada cujos pés estavam apoiados na terra" (ANDRADE, 2000, p. 286). Na *Trilogia*, será a redenção de Jorge em sua conversão para o comunismo. O sentido político e o sentido teológico aproximam-se no plano do significado: "Sentia-se místico. Ia aos comícios como antigamente ia à missa" (ANDRADE, 2003, p. 350). E, de certa maneira, na justificação poética, que refaz o sentido da condenação: "Nunca seria um estrangeiro entre os condenados sociais e os oprimidos pelo capital" (ANDRADE, 2000, p. 354). Nesse momento, o romance faz uma aproximação com a estruturação simbólica, segundo Jackson:

> O que se sacrifica com essa imposição é precisamente o conceito de modernidade e de transformação, ou seja, a transição orgânica de um mundo para outro pela simbologia da morte e do nascimento. (*apud* ANDRADE, 1991, p. 7)

No texto, a compreensão se dá por meio da inscrição da metáfora no enredo: "Jorge compreendeu que devia fugir. Procurou a escada, saiu" (ANDRADE, 2000, p. 310).

Se no signo da condenação reside, por um lado, a simbologia cristã, por outro determina uma ação heroica em relação à modernidade que aponta para a construção alegórica dos enunciados. Este é um dos motivos centrais do poeta--alegoria. A apropriação da figura de Baudelaire como forma-modelo não é possibilitada somente pelas personagens, mas pelas alegorias lançadas pela voz narrativa. O texto procura materializar por meio do olhar trapeiro, que veste funcionalmente as personagens, gestos que se disseminem no coletivo. Também, por meio da operação alegórica, busca imprimir no tempo-espaço textual vozes que atuem convergentemente para exibir os signos derivantes da condenação.

A sombra-signo do poeta francês conduz as ações poéticas das personagens, como João do Carmo, que corporifica na voz o discurso modelar de seu drama: "Andou. Repetiu com os punhos amarrados versos de Baudelaire" (ANDRADE,

2000, p. 53). No exemplo, a personagem recorre à poética extraída de sua leitura para efetuar seu caminhar pelo texto. O movimento disseminador da poética é incorporado ao andar. A violência de tal poética é encarnada pela personagem, de modo a fazê-la viver a ficção de sua leitura. Repete os versos para vivenciar a palavra poética e não somente tomá-la como experiência cumulativa de leituras, o que poderia ser parte de uma intenção simbólica. Os punhos, antes presos, são libertados pela voz que atravessa a consciência como modelo do olhar poético.

Baudelaire destaca-se do templo simbólico (o livro) para irromper na ficção escritural, de modo a formar uma estrutura cênica para a atuação da personagem: "Sobre o leito, pendia uma gravura destacada do livro. Era Charles Baudelaire. Tinha um velho retrato da mãe morta, sobre a mesa desordenada" (ANDRADE, 2000, p. 57). O narrador introduz, zelosamente, a cena para armar a imagem como totalidade consagradora: o condenado destaca o poeta para fazê-lo viver em sua ficção. Em seguida, o retrato de um tempo morto, inútil (a mãe, o passado) sobre a mesa desordenada: a própria imagem baudelairiana do escritor deslocada da simbologia cristã para "a solidão literária" do papel que representa (ANDRADE, 2000, p. 57). A moldura instaura o retrato de Baudelaire como signo do livro, fora do lugar-símbolo no qual uma leitura convencional o colocaria. Dessa forma, o poeta se inscreve na voz narrativa, configurando o desenho do poeta-alegoria, herói escritural em espaços desordenados.

Baudelaire transita como leitura e diagrama do corpo textual. Imagem espectral que penetra os meandros narrativos e estabelece sua forma como presença: "E foram em silêncio, baudelairianamente, pelas ruas geladas" (ANDRADE, 2000, p. 87). Aqui, o poeta francês transforma-se em qualidade da ação: sua poética é operada de modo a significar as imagens não só como olhar, mas do andar; o aparente adjetivo funciona como ação, o que o desvia funcionalmente da contemplação ociosa e embriagada do *flâneur*, para encarnar o romper heroico. Do mesmo modo, João o "repete" e o lê, incorporando-o à sua própria representação:

> E repetia fitando Baudelaire (...) Quando percebia Alma, num procurado encontro, sentia cem trombones funerários tocarem-lhe aos ouvidos escancarados. Tinha um sincero pasmo pela coragem lendária de Otelo. Se fizesse um fim de drama como ele! (ANDRADE, 2000, p. 81)

Na cena, observamos o diálogo entre duas instâncias discursivas: se Baudelaire será o espectro, a linguagem-fantasma que conduz a linguagem-presente da voz narrativa, Otelo será outro referencial, ator da cena. A voz autoral despede-se de sua própria ficção para refugiar-se em outra: apropria-se das leituras, dos gestos heroicos da linguagem, das formas flutuantes em decomposição.

Por isso, a ficção condenada é móvel, transita por entre os referenciais que são seus objetos de leitura. O texto parece não só querer significar, mas também ser outro. Tal apropriação estará espalhada por toda mobilidade da voz narrativa e, por fim, impressa no corpo do próprio texto. A personagem torna-se presença: vive ficcionalmente sua própria ficção e a ficção de seu leitor na escritura condenada.

Baudelaire instaura-se fisicamente no primeiro volume da *Trilogia* e espalha sua sombra (o *Spleen*) nas demais partes. Sombra-alegoria do narrador que faz das personagens estilhaços, ou mesmo máscaras fugidias, que escondem o incógnito. Constrói uma estética interpretante da modernidade como condenação (não há progresso, mas a lenta e inevitável queda) e dispõe pelo texto as fantasmagorias da modernidade: o passado espectral. Esse é o código transposto para o movimento fragmentário próprio do poeta-alegoria no qual convivem o desejo de eternidade e a precariedade do mundo.

Nesse sentido, o texto lança os fragmentos de sua leitura como interpretação. Incorpora o andar do poeta trapeiro no sentido de disseminar para o campo da observação o descontínuo, a metáfora como sistema. É o que acontece com a auréola em queda, a instabilidade que a poética provoca no caminho linear: "Jorge d'Alvelos mergulhou os pés numa poça de lama" (ANDRADE, 2000, p. 240). Além disso, a própria impossibilidade de caminhar frente à multidão que o recorta e imobiliza: "A multidão tumultuava. Jorge quis passar (...) viu-se contido, agarrado, preso ao carnaval monstruoso dos outros" (ANDRADE, 2000, p. 237). Como se vê, a continuidade é constantemente interrompida como forma discursiva para imprimir a figura do poeta na caça pela sua matéria poética.

O poeta torna-se o trapeiro para configurar o sentido de decomposição no texto: a palavra incapaz de comunhão, mas em dispersão inevitável frente à mutação incontrolável: "Era assim a vida, a procissão do Desencontro (...)" (ANDRADE, 2000, p. 307). De outra forma, os objetos submetidos ao valor de mercadoria perdem a face inteiriça e simbólica para se transformarem, sob o olhar estilhaçado do narrador, em resquícios sem autonomia ou totalidade. A intermediação reveladora espalha-se na impureza dos objetos incapazes de transcendência. Por isso, como em Baudelaire, eleva-se ao âmbito do poético a prostituta, mercadoria-signo reinventada poeticamente na modernidade. Na *Trilogia*, as personagens disponibilizam sua imagem como criação que o escultor transforma em fragmentos:

> O cadáver nu, de cabelos atados numa toalha, foi levado, cautelosamente, até a parede

do imaginário *atelier*. (...) Depuseram-na no estrato de pau, inerte e dura (...) Depois, começaram a crucificação. (ANDRADE, 2000, p. 209)

Aqui, percebe-se a criação de Jorge que acontece no presente do romance, espaço-tempo no qual recolhe a matéria "alma" para torná-la ficção de sua vivência.

A ambivalência situa Alma entre o sacro e o profano. Traz em si um mesmo traço que desvela a aparência simbólica, já que alegoricamente nada é essencial, mas repetição derivante de uma mesma categoria. Seu próprio nome – Alma – carrega essa duplicidade ao trazer para si a deterioração que se confronta com o seu sentido original de imortalidade. É por isso que a prostituta será, em Baudelaire, a linguagem que resignifica a mercadoria, pois: "Celebra sua humanização na puta (...) Procurou, de uma maneira heroica, humanizar a mercadoria" (BENJAMIN, 2000, p. 163-164). Alma atravessa os diferentes momentos da narrativa para que, de sua forma mercadoria, extraia-se o caminho da humanização.

A prostituta-mercadoria exibe a própria circunstância da linguagem, inclusa no processo produtivo como representação da vida doméstica. De certa forma, contesta sua condição pequeno-burguesa, não aceitando a conformação que lhe imputam. A subjetividade amorosa, tema literário por excelência, é deslocada de seu contexto habitual de leitura – a romântica idealização no mundo eternizado do amor para modular-se como transitoriedade, busca do poeta por seus assuntos e temas.

Da mesma maneira, a cidade-personagem incorpora o andar textual: "A madrugada lá fora andava" (ANDRADE, 2000, p. 275). A metáfora inverte o caminhar para demonstrar a continuidade do progresso que o poeta insiste em reter em seu andar poético. As próprias personagens representam o signo da transição por meio de cenas moventes, que lançam o sentido individual para o coletivo: "Pela rua, ia longe uma mulher de branco. Uma carroça passou, tilintando. A tarde descorava (...) a máscara alva cascateou um choro desigual (...)" (ANDRADE, 2000, p. 50).

As montagens cênicas percorrem todo o texto ao fazer com que o trânsito da paisagem exterior atravesse o espaço interior das personagens. Uma interlocução entre a tradição (carroça) com seus ruídos anacrônicos e a modernidade (rua). Nessa intermediação (sim/não) os objetos desfiguram-se de sua materialidade inicial (descorava), o que produz o sentido da Melancolia pela apreensão de uma paisagem indefinida (desigual). Nesse momento, a personagem revela um impasse, diluída em seu próprio tempo-espaço, o que lhe confere uma lógica de espelhamentos: a mobilidade da cidade desestabiliza as certezas e convenções, tidas como sagradas.

Da mesma forma, um sentido de uniformização aproxima as personagens da ideia de

modernidade: "E na sala de telégrafo, o toc-toc-
-toc de cem vozes anônimas e dispersas falou
(...)" (ANDRADE, 2000, p. 62). A frase informa o nivelamento da personagem como consciência da
voz narrativa; tem-se no telegrafista um coletor
das vozes "anônimas" que se perfazem, também,
em discursos anônimos, sem uma significação
relevante. Tal fato revive a consciência de mercadoria que a linguagem poética do romance introduz como forma de modernidade. A dispersão
informa a impossibilidade de significação frente
a tal nivelamento.

Assim, as personagens são ruínas de uma voz
narrativa que se dispersa frente à uniformização
dos dias, o que reafirma o cotidiano baudelairiano como padronização e aparência. Na verdade,
a renovação dá-se por meio do próprio deteriorado, o corroer contínuo do tempo alegórico:

> Era um estupro diário, um desvirgina-
> mento de todas as horas (...) Mauro ofe-
> recia-lhes o defloramento sem complica-
> ções, sem conseqüências, a bom preço (...)
> esperava a hora do leito como um doente
> que esperasse a hora inadiável da morte.
> (ANDRADE, 2000, p. 68)

A personagem Mauro atua como ruína do destino de Alma. Apesar da aparência maniqueísta, a
relação mostra a dissolução simbólica do conceito
de amor para uma sexualidade sem perspectivas,

em que se abandona a visão romântica para uma que se informa modernamente – por isso, o leito é a concretização da morte, no sentido da ausência de perspectivas idealizadoras.

Paradoxalmente, as oposições uniformizam--se pela voz narrativa, que atira as personagens em sua trilha de condenação, já prevista no enunciado: "Agora, tudo predizia a aliança imortal dos dois desgraçados destinos" (ANDRADE, 2000, p. 92). As personagens e suas ações são condicionadas pela máquina-metáfora do narrador, ao expor situações múltiplas de sofrimento sob o mesmo rótulo, como mercadorias ficcionais: "E ela sentiu a consoladora vontade de avistar o ser martirizante que ia vir. Ia nascer o seu filhinho... (ANDRADE, 2000, p. 107). Em outro momento: "E uma figurinha convulsa, numa sufocação congestionada, lançou o primeiro grito terrível da vida. (...) E sorriu indizivelmente na sombra, onde grandes asas estacavam" (ANDRADE, 2000, p. 108).

A personagem Luquinhas surge ao mesmo tempo em que seu avô, o velho Lucas, metáfora contínua do passado, morre. Para Antonio Candido, as personagens são "pequenos turbilhões de lugares comuns morais e intelectuais", que "não passam de autônomos, cada um com sua etiqueta moral pendurada no pescoço" (CANDIDO, 1945, p. 39). Sob outro aspecto de leitura, as passagens que percorrem o texto têm a função de materializar a fatalidade da uniformização e planificação das personagens, auxiliares da enunciação condenatória da voz narrativa. O nascimento prevê desde sempre a vida corroída, que se traduz no grito lançado no parto – a vida como "sufocamento", congestionada pela imprecisão do tempo, e forçada a desdobrar-se em sombra.

A *Trilogia* constrói-se por signos portadores de sentidos indefinidos ao trazer dentro de um só corpo os fragmentos de todos os outros corpos, que morrem no percurso traçado de antemão. O romance ficcionaliza uma existência única e coletiva, emblemática a partir da figura do poeta, que propõe um ciclo de alegorias. Para isso, oferece uma estrutura cujas variantes formais abrem este Eu por vozes e gestos, como na duplicidade das máscaras: "As duas fantasias correram, procuraram o caminho, enveredaram por ele" (ANDRADE, 2000, p. 250). Isso ocorre mesmo na caracterização das personagens, como significantes do despedaçamento do Eu: "Em contraste, a vida de Jorge desnudara-se" (ANDRADE, 2000, p. 185). O resultado é, então, um discurso deformado para expor as gradações do individual ao universal, da ação ao gesto, mediado pela presença da metáfora:

> Alma trazia-lhe no escuro passado, no presente inquieto, minutos seculares de angústia, de humilhação e de prazer (...) O dia caminhava azul lá fora, festivo e calmo. Vinham de longe ruídos de pedra trabalhada, de bondes que passavam, de

> carroções que estouravam o calçamento.
> (ANDRADE, 2000, p. 164)

O Eu, como fio condutor a tecer as passagens em metáforas, elabora a alegoria unificada pela figura do autor. O olhar estético é o princípio formal que representa a subjetividade das personagens, de modo que a narrativa busca evocações que orientem as relações entre o interior e o exterior e estabeleçam as correlações imagéticas traduzidas em gestos poéticos. As personagens atuam a favor da voz heroica do narrador, que imprime seus traços na assinatura autoral.

O narrador orienta a voz das personagens para reciclar os resíduos que fazem parte da matéria corpórea de sua "escultura" linguística; sua mão conduz os elos entre as partes desmembradas ao fazer da decomposição o próprio sentido da linguagem. Como "criador de mutilações", o texto afasta de si o constituído e indica novas conexões por ruínas resplandecentes do tempo transitório. A multidão absorve a individualidade e recolhe os pedaços do Eu desfigurado:

> Um ajuntamento colorido de feira gralhava na lama extensa da rua principal. Mulheres mascaradas de gesso, prostitutas de São Paulo, famílias ingênuas, negras de trunfa. E o batuque guerreiro na sombra do samba media, por cima de tudo, o tambor seco, igual, com o caracaxá e o

ribombo longínquo do bombo. (ANDRADE, 2000, p. 170)

Nos limites do quadro-máscara, a consciência dilacera-se e seus resíduos constituem o corpo textual. O eterno dizer da linguagem, fixada pela alegoria, serve para apontar a impossibilidade do símbolo. Tudo isso de modo a criar correspondências entre a própria escritura alegórica e a figura da mercadoria: "A depreciação do mundo das coisas na alegoria é sobrepujada dentro desse próprio mundo pela mercadoria" (BENJAMIN, 2000, p. 154).

O Eu busca o elo entre o discurso da tradição e o da modernidade, em quadros desmembrados, como uma possível ficção sobre o estilo, de modo a corresponder não somente ao princípio moderno de compreensão e organização textual via cinema, mas também a corroborar com o sentido alegórico de pequenos quadros simultâneos, com o mesmo princípio de sentido emblemático. Frases como: "Na manhã do céu sombrio, Jorge ficou pensativo, olhando a cidade, num desconcerto de ideias e caminhos" (ANDRADE, 2000, p. 305); bem como: "Olhou o cenário noturno. Havia uma grande lua brincando com esfarrapamentos de nuvens" (ANDRADE, 2000, p. 302). Essas situações percorrem o texto como construção orientada pela poética em constante quebra da continuidade narrativa.

Na verdade, a voz autoral funciona como ruína do simbólico. As personagens, enquanto fragmentos do corpo textual, são agentes de desintegração entre linguagem e ação e representam o gesto coletivo de heróis e poetas. É o que acontece com João do Carmo, quando incorpora a heroicidade de Baudelaire: "Deixava o velho aposento de solteiro. Descera Baudelaire da parede". O que estará refletido na construção da imagem posterior: "Um gesto, uma frase, repunham-no no calvário passado. E não se sabiam dar a prometida festa do amor" (ANDRADE, 2000, p. 144). O poeta desce da parede como modo de materializar-se no corpo ficcional da personagem e da própria escritura.

O olhar caminha pelo texto "baudelairianamente", em sua forma corporalmente estética. Tal ação se faz heroica: enquanto tudo dorme, o poeta pode encontrar, no silêncio ruminante dos excluídos, a matéria para sua poética. Porém, tais objetos teriam de estar correlacionados ao que lhe é significativo alegoricamente, ou seja, significar eternamente tal diluição. A imagem mostra o próprio impulso da linguagem em sua significação alegórica, desdobrada em sombras:

> No toucador, estava junto à botelha de cristal esvaziada a garrafa de absinto, bojuda e aberta. Ela tinha bebido tudo, depois que ele partira; apenas o copo guardava um resto de droga opalina, fazendo

sobrenadar uma mosca morta (...) Do escuro, foram saindo, pouco a pouco, as formas dos quadros, das cortinas, da cama. (ANDRADE, 2000, p. 194)

Avultam, progressivamente, figuras do imaginário escritural em contínuo ato de expansão expressiva; o encanto dá-se pelas provas do transitório, do corrompido e da harmonia danificada.

O texto decompõe-se, expõe seus nervos dilacerados, ao desmembrar o corpo textual em busca da significação inalcançável. As frases prolongam-se de modo a perceber a não-resistência dos objetos textuais, interrompidas pelo caminhar poético: "Na garoa vermelha, acesa em focos irregulares nos bicos de luz dos combustores, o artista caminhava" (ANDRADE, 2000, p. 230).

Temporalmente, a beleza transitória é o próprio presente que subtrai do objeto lírico sua pretensa atemporalidade simbólica. A narrativa recorta a linearidade por meio do olhar em perene transformação. Os significados decompostos correspondem à desintegração da aura: a unidade inicial da linguagem só pode ser experimentada por uma vivência em confronto, heroica; no entanto, despida de um sentido simbólico superior. Por isso, a Melancolia impõe-se no presente discursivo sob a forma-signo de uma leitura que sombreia a aparência próspera do progresso: "Melancolias começaram, no entanto, a baixar sobre aquela imóvel paz" (ANDRADE, 2000, p. 115).

A imagem materializa "o trabalho incessante de luto", a visão da vida a partir da perspectiva da morte. A *Trilogia* busca alastrar o centro disseminador da linguagem como precariedade, incapaz de dizer a palavra definitiva que a leitura da tradição julgava oferecer. É quando o poeta-alegoria invade o texto para dizer sobre o regresso à escritura, como na cena-metáfora: "Jorge sentia comovido o regresso à luminosa poeira da vida. (...) Um carrossel cheio de luzes punha melancolia na noite, onde bonecos desengonçados se extasiavam" (ANDRADE, 2000, p. 335).

A ESCRITURA CONDENADA: FICÇÃO DA MODERNIDADE

A tessitura da escritura condenada faz-se muito mais por uma procura do que efetivamente por traços reconhecíveis do Modernismo, ou mesmo da obra cubista-metonímica que consagrou Oswald. Parece haver em *Os condenados* um "esforço de fazer estilo" (CANDIDO, 1945, p. 38), ou como classifica Mário da Silva Brito o "aluno de romance Oswald de Andrade" (*apud* ANDRADE, 2000, p. 7). Acentua-se, na narrativa, a expressão de um hiato, estético e histórico, em que a própria linguagem derrapa em sua construção, como concepção e realização. Não por acaso muitos adjetivos rodeiam o romance: penumbrista, vaporoso, transitório, fragmentário etc. O que procuramos enfocar é justamente um viés que estabeleça uma reflexão sobre o texto: uma escritura que materializa o próprio impasse que vive. E este parece ser seu principal mérito.

O romance lança várias questões idealizadoras procedentes da ideia de modernidade. Há um evidente reposicionamento do narrador que desloca seu olhar do campo da observação para o campo metafórico. Isso traz como sintoma a expressão da obliquidade, do duplo, pautado pelo discurso alegórico, que faz da escritura o caminhar errante do poeta-alegoria nas novas passagens que se abrem pelo texto. Inserido dentro de seu contexto de produção, o romance busca significar a própria ausência de significações, da qual emerge uma figura central, tanto no plano do enunciado, quanto no plano da enunciação: a Melancolia. Esta servirá como base para para que sombras se espalhem pelo texto como estilhaços do Eu narrativo. Se o romance clássico supõe a solidão do autor, herói e leitor, na *Trilogia* a personagem fundamental é o signo condenação, forma crítica de uma leitura.

Pode-se apontar para uma narrativa em ruínas orientada para a unidade, por meio do espalhamento do Eu em vozes, gestualidades retiradas do trabalho espacial do poeta-alegoria. Será esta uma das prefigurações benjaminianas que fazem de Baudelaire a metáfora-linguagem da modernidade: em meio aos resquícios, o poeta busca o excêntrico, o singular. Em vários momentos este sentido de aproximação, ou de olhar "por dentro" está presente na *Trilogia*. Este procedimento toma corpo no texto em duas instâncias: primeiro, na voz individual do narrador e das personagens que buscam a universalidade projetada para a voz coletiva, como sintoma do tempo; segundo, do movimento do subjetivo para o objetivo, como forma de trânsito e constante espelhamento dos fenômenos, já que a unidade prefigurada do símbolo desaba pela queda da aura.

A imagem baudelairiana do poeta em seu isolamento, ou "encapsulamento do indivíduo em sua diferença" (BENJAMIN, 2000, p. 78), projeta a voz como representante heroica de um tempo. Porém, essa voz, na verdade, desempenha um papel e por isso atravessa o discurso épico como farsa. O poeta dispõe as alegorias sob a categoria do jogo: a repetição do sistema que encontra a variedade como solução figurante. Por meio desse aparelho, encontra o destino, o salto, o lance decisivo que faz do presente enfrentamento. É por este viés que a escritura condenada insere a circunstancialidade histórica como força construtiva da escritura. E, também, a metáfora como passagem da crise individual para o gesto social.

Por isso, a procurada universalidade chega à *Trilogia* como máquina metafórica, que ao modo dos processos industriais de produção, tudo secciona, recorta, fraciona e disponibiliza como linguagem. É justamente o momento da transição que a arte faz em relação à técnica: no lugar de tomar por empréstimo seus termos, ela incorpora seus procedimentos. É o momento em que o poeta se reconhece mercadoria e se aproxima do lixo para devolver o olhar que contempla indiferente sua aura enlameada. Não é de outra maneira que as personagens condenadas se apresentam: poetas, artistas, prostitutas, suicidas, trapeiros, todos eles buscam no discurso do Outro suas faces desintegradas e imprecisas, o que prefigura a própria poética do poeta-alegoria.

Ao aproximar a mercadoria da ideia de alegorização, esse poeta incorpora como crítica a funcionalidade reprodutiva. Seus objetos destacam-se da uniformização generalizante para tornarem-se ruínas do simbólico, índices de renovação que trazem o velho no novo, as fantasmagorias da modernidade. O próprio discurso estético burguês desintegra-se para ser a consciência crítica do presente, em que a arte adquire seu caráter efêmero, de passagem, assim como a cidade, entre o passado e o futuro, em que o alegorista antecipa a ruína sobre o que se ergue.

A crítica de um modo geral procura enquadrar *Os condenados* como obra decadentista. Tal rótulo permite atenuar uma significação também transitória; ao cultivar as imagens diluídas, a escritura condenada tece imagens envelhecidas, motivadas pela ausência de uma forma redentora. Porém, se considerar a perspectiva benjaminiana sobre a História, encontra-se na narrativa um encadeamento entre o teológico e o escritural. Decadência e progresso são faces da mesma moeda. Willi Bole aponta na ideia de progresso uma "(...) adaptação secular de conteúdos religiosos" (*apud* BENJAMIN, 2007, p. 1156), pois, segundo Benjamin, a teologia "(...) pode transformar o inacabado (a felicidade) em algo acabado e o acabado (sofrimento) em algo inacabado" (*apud* BENJAMIN, 2007, p. 1156). Se a *Trilogia* expõe a metáfora teológica do mito da condenação como reflexo significador do impasse vivido, também reorienta esse preceito para o plano da linguagem. Tem-se, aqui, uma correlação entre o acabado do instante simbólico e o inacabado da alegoria. Sincronicamente, o inacabamento empregado como linguagem torna-se reflexão sobre a própria escritura, como promessa de felicidade, utopia. O que condiciona e substancializa uma crítica à compreensão sobre o progresso por meio do desmonte de sua aparência acabada.

O conceito exposto acima é um entrever construtivo de *Os condenados*. A descontinuidade narrativa, sobretudo pela tentativa de desviar do simbólico, intui o limiar de uma linguagem que incorpora o inacabamento. Para Baudelaire, o mundo moderno é aquele dominado por um presente condenado à eterna repetição, como o progresso, continuidade, destino naturalizado.

Por isso, a poética de Baudelaire penetra a escritura condenada como força desintegradora, modelo de uma modernidade articulada criticamente. Dessa maneira, o poeta-símbolo ou o poeta-herói carregam distintas missões: enquanto o primeiro faz de sua missão reforma, o segundo intui como missão dar forma à descontinuidade.

Benjamin reconhece em Baudelaire a "desintegração do sujeito clássico", para que de seu repisar de fragmentos da tradição faça surgir o vulto de um objeto capaz de trazer o passado no presente. O poeta-alegoria surge pelo olhar-caminhar trôpego e escorregadio, no constante abaixar para recolher na lama sua aura. A lama, matéria singular e recorrente do progresso, será o espaço que o poeta explorará em um tempo não nivelado: sua poética dá-se por saltos ao desvencilhar-se da multidão, dos fragmentos lançados pelas passagens citadinas; de outra forma, precisa aplicar a interrupção do fluxo para reter sua matéria poética – daí seu andar descontinuo. É o que, de certa maneira, Benjamin invoca pela alegoria: a constante interrupção, o caminhar recortado, seja pelos caminhos da cidade, seja pelo desviar constante do poeta, que se congelam em imagens alegóricas.

A escritura condenada torna-se uma épica elaborada por negatividades, pois assegura a tensão que a diferencia de si mesma: ao mesmo tempo em que busca a unidade, nega-a como forma. É, sobretudo, uma escritura que transita, não por símbolos, mas entre símbolos, de modo a estender um painel decomposto, falsamente universal. Ao negar o discurso normativo – no sentido de estabelecer duplos sobre a linguagem acabada – promove a divisão estrutural entre texto e escritura, tornando-se produto ficcional de leituras. Por isso é ficção de uma leitura de modernidade, texto citado, que na expressão do entrever da alegoria, faz-se tecido em crise escritural.

Roger Bastide aponta a apreensão de "um mundo recortado em pedaços", pois *"Os condenados,* eram, pois primeiramente a entrada da sensibilidade moderna na literatura brasileira" (BASTIDE, 1940). Em outro momento, confirma a ideia de transição presente no romance: "Os sentimentos são invocados, não são descritos. Isso significa a ruína de uma certa literatura (...) que se poderia chamar de literatura burguesa" (BASTIDE, 1940). Dessa maneira, o crítico francês correlaciona o emprego da metáfora na circunstância do romance, o que significa o desmonte da linearidade do romance de análise. Como já exemplificado, em muitos momentos o romance impõe através de saltos, interrupções e vazios nos eventos narrados o que Bastide chama de procedimento "cinematográfico". Convergentemente, temos a ideia de alegoria como emblemas: quadros estáticos, que irrompem o gênero romance como abismo da linguagem, intuída na ideia de eterna comunicabilidade a que se condena o ser humano.

O certo é que a *Trilogia* oferece uma percepção nova, trazida para o corpo do texto ao congregar os procedimentos da técnica como negação do olhar contemplativo-simbólico. A pintura literária é substituída por uma linguagem próxima ao cinema, pois o objeto não pode ser fixado, já que a associação é constantemente interrompida por alterações cênicas. O que para Benjamin é efeito do choque e movimento: "No filme, a percepção sob a forma de choque se impõe como princípio formal. Aquilo que determina o ritmo da produção na esteira rolante está subjacente ao ritmo da receptividade, no filme" (BENJAMIN, 2000, p. 125).

Nesse sentido, a *crise da representação* evidencia-se pela nova leitura da técnica que a Trilogia faz: incorpora seus processos – leitura-processo – e rompe com o espaço-tempo do texto tradicional. A metáfora como máquina utilitária desautomatiza a percepção simbólica e produz ruínas, duplos, efeitos em choque. Por isso, os heróis textuais são reconstruídos como linguagem, signos novos igualados em assinaturas autorais, o que confere ao texto o espelhamento quebrado de seu próprio eu construtivo e autoral. Se não é a "morte do autor" como diz Barthes, em busca do "grau zero da escrita", é ao menos sua expiação, seu despedir-se da teatralidade ornamental da linguagem.

O poeta-símbolo, como representação contínua e linear, é atravessado pelas formas de ruptura e dissociação do poeta-herói textual. Este interrompe o fluxo linear-cronológico como um herói para instaurar uma nova ordem. Daí surge o poeta-alegoria como memória histórica, papel a ser representado como coleta das ruínas da história. Como ator, exprime o Outro do discurso, reconstituído por meio de uma narrativa em pedaços, citações em ruínas do texto original. Pelo movimento centrífugo, desvia-se do simbólico para reverberar as sombras de um texto: as leituras.

A *Trilogia* busca refletir o papel da arte e do artista na sociedade desse período. Quer representar o corte da estética com o social de modo a estabelecer novas relações entre arte e realidade. O narrador individual do Modernismo, por meio da aparência da pluralidade, apenas mostra o impasse de sua própria história. A alegoria talvez seja a saída que figure o impasse de um signo que traz, por um lado, a assinatura do divino comentada pela linguagem humana e, por outro lado, como tecido de citações, igualada como assinaturas autorais ou ruínas do texto ideal. O que em *Os condenados* aponta para uma dialética, que estabelece uma pragmática dos meios e não dos fins, cuja estrutura faz a mimese do progresso como forma de negá-lo. Daí expressa, centralmente, a ausência de sentido para a obtenção de uma totalidade e resigna-se com o transitório. Destrói a reprodução de formas harmônicas para entrever, em escombros, o esboço de uma realidade redimida. Enquanto Melancolia atravessa o tempo por uma espécie de destruição produtora, pois se desliga da transcendência e não se limita a evocar a perda, mas produzir outras imagens de sentido.

Daí, criam-se precursores anônimos autorais, personagens que vivenciam as circunstâncias históricas como forma de avivar a consciência no choque do presente. A universalidade das imagens sociais é falseada pelo processo de reciclagem ficcional como discurso indireto, oblíquo. A *Trilogia* vale-se da ideia de exposição – livro-museu – em que preserva o estado bruto do objeto, unicidade e excentricidade, de modo a prefigurar outra lógica associativa. Os caminhos textuais apresentam-se como passagens, frestas, de modo que o salto do olhar retenha a dimensão do irredutível. Desejam a totalidade no próprio objeto, em que o passado seja resgatado no atual, como leitura não precedida de um ordenamento ideal.

Em saltos, o romance busca reintegrar o elo entre os objetos da realidade e sua verdade perdida. Vê no extremo aquilo que escapa à representação. Retira da exclusão o *outro*: a escritura condenada como promessa e potencialidade inacabada. Ficcionaliza a modernidade para materializar a imagem do impasse.

OS CONDENADOS, O TEMPO DO INSTANTE

O romance *Os condenados – a trilogia do exílio* de Oswald de Andrade oferece faces múltiplas e reveladoras da instauração da modernidade na Literatura Brasileira. Apesar de relegada a um segundo plano pela crítica historiográfica, a narrativa oferece as contradições e procedimentos escriturais de um Modernismo incipiente, filiado a uma programática da tradição ficcional. O que o romance busca reverter como inventividade e quebra de paradigmas.

A leitura que Walter Benjamin faz de Baudelaire orienta o imaginário moderno que a *Trilogia* almeja como forma ficcional. A diferença da primeira narrativa de Oswald está justamente neste ponto: em meio à uniformização ficcional de seu contexto, ela demonstra ser um gesto de ruptura crítica com os padrões recorrentemente legitimados. Aqui, buscamos destacar os pontos em que a narrativa encontra-se com a visão de Baudelaire, o que faz dela uma ficção da metáfora interpretante de Benjamin sobre o artista moderno.

A partir do modelo Baudelaire, a narrativa de *Os condenados* encontra uma possibilidade de consciência crítica a partir do presente. Incorpora o poeta francês para a construção de alegorias que desintegram o tempo-espaço simétrico do simbólico. A ruína e a fragmentação invadem o romance como forma destruidora da linearidade épica e instauram o descontínuo como forma de representação do universal. O olhar deixa de ser observação e se interioriza na máquina metafórica construtora da enunciação. Dessa maneira, põe em crise a própria representação e nos oferece uma ficção sobre o estilo ao assumir-se texto citado, fruto de recortes duplicados a partir de uma percepção centrífuga sobre os objetos.

Dessa forma, a voz narrativa decompõe o discurso para a vivência das personagens. Estas são os próprios estilhaços do espelho monologal do Eu enunciador. São poetas representando o papel de um herói que rompe com a experiência para viver o presente em transição, concretizada pela mudança referencial de uma voz individual em direção ao gesto coletivo. Por meio de uma leitura do artista moderno, referência propiciada pela imagem modelar de Baudelaire, evidencia--se o impasse vivido pela modernidade. O poeta, na modernidade, não pode oferecer imagens do Belo, pois sua missão é carregar a consciência da existência do tempo: sabe que ele corrompe toda visão de beleza na vivência do instante.

A representação da modernidade não pode ser mais que uma releitura – fantasma do eterno retorno dos fatos e objetos da História. O poeta--símbolo, então, é desintegrado pelo reflexo negativo do passado no presente. O poeta-alegoria conduz a busca de um elo perdido entre a tradição e a modernidade. De outra forma, o hiato que a ideia de progresso oferece está na possibilidade de modificação e deslocamento, inclusive o passado e a tradição. Emerge, por isso, a figura da Melancolia que atravessa o romance e elucida suas passagens. O hiato e a expressão da queda da experiência são reorientados para significar a condenação do presente. O passageiro e a eterna transformação do progresso são recortados no texto para o sentido da própria linguagem: o andar do trapeiro é materializado no olhar do poeta, que atravessa tais passagens aos saltos; impõe o descontínuo como forma de negação ao normativo e, entre os objetos danificados, faz viver a poética do singular.

A singularidade atenua-se pela ideia do não-procedente. Os objetos não existem em função dos eventos passados, mas na continuidade desfuncionalizada do atual. É dessa maneira que o poeta faz de seu andar-olhar um ritmo trôpego, um derrapar ininterrupto na imagem de falsa permanência que reveste o progresso – na verdade, há um fundo de estagnação, que apesar da aparência guarda um fundo conservador. É o espaço das incertezas e do deslocamento constante da história e do saber: como o futuro é a meta, a ação, o presente é a lacuna.

É por este viés que a escritura condenada exibe seus produtos: recolhidos à margem, ruminam os restos de um sentido redentor. É quando o poeta apropria-se da consciência de mercadoria. Daí seu olhar não será mais a panorâmica do *flâneur*, mas aquele que, vigiado, procura em espaços entrevistos o comprador para sua mercadoria poética. É nesse sentido que a *Trilogia* aproxima-se da leitura de Benjamin: as personagens, como fragmentos de um Eu partido – talvez, o homem clássico desmontado por Baudelaire – são incorporadas na linguagem serialmente por metáforas, de maneira a trazer para o presente do texto o procedimento e não somente a incorporação ornamental dos motivos, da técnica.

No entanto, o que podemos apontar como substancial é a forma do andar que reveste a escritura condenada. Caminha, como Baudelaire, por duplos alegóricos – a linguagem lança sombras que descaracterizam uma possível uniformidade poética. Mais: a uniformização dá-se pela exposição do corroído, do inacabamento como forma construtiva. Seu olhar retém o excêntrico ao parar e tropeçar na matéria poética; faz do texto saltos sobre o linear e ruína do simbólico. A alegoria retira do objeto a sombra, o Outro do discurso, para tornar a imagem indefinição, dejetos em forma de aura.

O romance não é mais que a queda, o salto entre eventos simbólicos – estes geradores das personagens ou produtos marginalizados pela indústria do consumo. Atravessa a multidão como forma de choque, o que reaviva a consciência poética e lança a aura na lama do instante. Retém por este caminhar imagens do próprio enfrentamento que propõe como heroicidade.

A modernidade em Baudelaire afirma o desejo e a impossibilidade de volta a uma origem perdida para sempre. O *Spleen*, como consciência de um tempo que tudo condena, gera as alegorias que guardam pela lembrança a morte desse passado imemorial e Ideal. Se considerar-se a obra de Oswald como uma forma de utopia que resgata o passado no presente, percebe-se uma correlação central. A crença no pecado original – como conhecimento do bem e do mal – que leva Baudelaire a construir sua poética de ceticismo frente à eterna novidade da sociedade industrial é o mesmo centro metafórico da condenação da *Trilogia* de Oswald. Não por acaso, as imagens apontam para uma unidade metalinguística: a queda como felicidade da linguagem e utopia da escritura.

Enquanto leitura da tradição, o romance *Os condenados* estabelece o inacabamento como inventividade ficcional e produção utópica. Tal procedimento é repetido por Oswald como refinamento paródico no par *Miramar-Serafim*, ou mesmo no ideário utópico da Antropofagia, o que seria uma outra forma de reviver a Melancolia que a escritura condenada proporciona como materialização da linguagem, ou de buscar uma fascinação possível nesta mercadoria obscura, esquecida nas prateleiras, que é a *Trilogia do exílio*.

Referências Bibliográficas

I – OBRAS DO AUTOR:

ANDRADE, Oswald de. *Estética e política*. São Paulo: Globo, 1991.

_____. *Feira das sextas*. São Paulo: Globo, 2005.

_____. *Ponta de lança*. São Paulo: Globo, 2003.

_____. *Obras completas*. Rio de Janeiro: Civilização Brasileira, 1971/1974, 11v.

_____. *Os condenados*. São Paulo: Globo, 2000.

II – OBRAS SOBRE O AUTOR:

BOAVENTURA, Maria Eugênia. *O salão e a selva. Uma biografia ilustrada de Oswald de Andrade*. São Paulo: Editora da Unicamp, 1995.

BRITO, Mário da Silva. *As metamorfoses de Oswald de Andrade*. São Paulo: Conselho Estadual de Cultura, 1972.

CAMPOS, Haroldo de. *Oswald de Andrade. Trechos escolhidos*. Rio de Janeiro: Agir, 1967.

CHALMERS, Vera Maria. *3 linhas e quatro verdades*. São Paulo: Livraria Duas Cidades, 1976.

FONSECA, Maria Augusta. *Oswald de Andrade (1890-1954): biografia*. São Paulo: Globo, 2007.

NUNES, Benedito. *Oswald canibal*. São Paulo: Perspectiva, 1979.

SCHWARTZ, Jorge. *Vanguarda e cosmopolitismo na década de 20. Oliverio Girondo e Oswald de Andrade*. São Paulo: Perspectiva, 1983.

III – REVISTAS

Cult, Revista Brasileira de Literatura, ano V, n° 55 "Oswald de Andrade e os 80 anos da Semana de 22", p. 41-63.

Remate de Males, n°6, Campinas, Instituto de Estudos da Linguagem, IEL – Unicamp, 1986.

Revista de Letras, n° 30, São Paulo, Unesp, 1990, p. 1-81.

IV – ARTIGOS DE JORNAIS

BASTIDE, Roger. "Os condenados de Oswald de Andrade", *O Estado de S. Paulo*, 7 jun. 1942.

O ESTADO DE S. PAULO. *Resenha*, 28 dez. 1941.

V – ENSAIOS EM LIVROS

BRITO, Mario da Silva. *O aluno de romance Oswald de Andrade. Os condenados*. São Paulo: Globo, 2000, p. 9-29.

CAMPOS, Haroldo de. *Estilística miramariana. Metalinguagem e outras metas*. São Paulo: Perspectiva, 1978.

CANDIDO, Antonio. *Estouro e libertação. Brigada ligeira*. São Paulo: Martins, 1945, p. 36-49.

———. *Digressão sentimental de Oswald de Andrade*, São Paulo: Martins, 1945, p. 59-87.

———. *Oswald viajante*. São Paulo: Martins, 1945, p. 51-55.

_____. *Os dois Oswalds*. Recortes. São Paulo: Companhia das letras, 1990, p. 35-42.

_____. *O diário de bordo*. Recortes. São Paulo: Companhia das letras, 1990, p. 47-49.

JACKSON, Kenneth David. *A escada, exílio e utopia*. A escada. São Paulo: Globo, 1991, p. 5-10.

MANFIO, Diléia Zanotto. *Alma de absinto*. A estrela de absinto. São Paulo: Globo, 1991, p. 5-9.

VI – OBRAS DE APOIO TEÓRICO

ADORNO, Theodor W. *Notas de Literatura I*. São Paulo: Duas Cidades; Editora 34, 2003.

BAKHTIN, Mikhail. *Problemas da poética de Dostoiévski*. Rio de Janeiro: Forense Universitária, 1987.

BALAKIAN, Anna. *O simbolismo*. São Paulo: Perspectiva, 2000.

BARBOSA, João Alexandre. *A metáfora crítica*. São Paulo: Perspectiva, 1983.

_____. *Ilusões da modernidade*. São Paulo: Perspectiva, 1986.

BARTHES, Roland. *Aula*. São Paulo: Cultrix, 2004.

_____. *O grau zero da escrita*. São Paulo: Martins Fontes, 2004.

_____. *O rumor da língua*. São Paulo: Martins Fontes, 2004.

BAUDELAIRE, Charles. *As flores do mal*. São Paulo: Nova Fronteira, 2002.

_____. *A modernidade*. São Paulo: Paz e Terra, 2004.

_____. *Pequenos poemas em prosa (O Spleen de Paris)*. São Paulo: Hedra, 2007.

BENJAMIN, Walter. *Charles Baudelaire: um lírico no auge do capitalismo*. São Paulo: Editora Brasiliense, 2000.

———. *Magia e técnica, arte e política*. São Paulo: Brasiliense, 1996.

———. *Origem do drama barroco alemão*. São Paulo: Brasiliense, 1984.

———. *Passagens*. Belo Horizonte: UFMG; São Paulo: Imprensa Oficial do Estado de São Paulo, 2007.

BRITO, Mario da Silva. *História do modernismo brasileiro – antecedentes da Semana de arte moderna*. São Paulo: Martins Fontes, 1998.

CAMARGOS, Márcia. *A semana de 22*. São Paulo: Boitempo, 2002.

CANDIDO, Antonio. *Literatura e sociedade*. São Paulo: Publifolha, 2000.

FABRIS, Annateresa. *O futurismo paulista*. São Paulo: Perspectiva, 1994.

GAGNEBIN, Jeanne Marie. *História e narração em Walter Benjamin*. São Paulo: Perspectiva, 2004.

HANSEN, João Adolfo. *Alegoria: construção e interpretação da metáfora*. São Paulo: Hedra, 2006.

KOETHE, Flávio. *Confrontos: Benjamin e Adorno*. São Paulo: Ática, 1978.

MOISÉS, Leyla Perrone. *Texto, crítica, escritura*. São Paulo: Martins Fontes, 2004.

MORETTO, Fulvia M. L. *Os caminhos do decadentismo francês*. São Paulo: Perspectiva, 1989.

PAES, José Paulo. *Gregos e Baianos*, São Paulo: Brasiliense, 1985.

SEVCENKO, Nicolau. *Literatura como missão*. São Paulo: Brasiliense, 1983.

Agradecimentos

Aos professores e amigos da PUC-SP pelo rico diálogo que contribuiu para a reflexão presente.

À Fundação de Amparo à Pesquisa do Estado de São Paulo que possibilitou a publicação do texto.

À professora Maria Rosa Duarte de Oliveira por tudo o que há de melhor em minha formação, além da amizade e generosidade sempre.

À Janine.

Esta obra foi impressa em São Paulo no outono de 2013 pela gráfica Vida e Consciência. No texto foi utilizada a fonte Nofret em corpo 9 e entrelinha de 13 pontos.